스위스의 국민 화가

페르디난드 호들러에 대한 전기소설

상징주의 화가

호들러의 삶을 뒤쫓아

스포멘카 슈티메치(Spomenka Štimec) 지음

상징주의 화가 호들러의 삶을 뒤쫓아
인　쇄 : 2021년 11월 15일 초판 1쇄
발　행 : 2021년 11월 23일 초판 3쇄
지은이 : 스포멘카 슈티메치(Spomenka Štimec)
옮긴이 : 장정렬(Ombro)
표지디자인 : 노혜지
펴낸이 : 오태영(Mateno)
출판사 : 진달래
신고 번호 : 제25100-2020-000085호
신고 일자 : 2020.10.29
주　소 : 서울시 구로구 부일로 985, 101호
전　화 : 02-2688-1561
팩　스 : 0504-200-1561
이메일 : 5morning@naver.com
인쇄소 : TECH D & P(마포구)

값 : 12,000원
ISBN : 979-11-91643-25-1(03890)

스위스의 국민 화가

페르디난드 호들러에 대한 전기소설

상징주의 화가

호들러의 삶을 뒤쫓아

스포멘카 슈티메치(Spomenka Štimec) 지음

장정렬(Ombro) 옮김

진달래 출판사

한국어판 저자 서문

Saluton al la korea leganto,

Kara leganto en Koreio, mi salutas vin el la lando Kroatio kiu dum la jaro 2020 kaj 2021 multe suferis pro tertremoj.

Dankon pro via intereso pri mia libro „Hodler en Mostar“: Hodler estas la familia nomo de la plej fama svisa pentristo de la 20a jarcento Ferdinand Hodler(1853-1918). Svislando kun amo zorgas pri liaj pentraĵoj kiuj famigis la landon. Sed unu parto de liaj pentraĵoj per vojoj misteraj alvenis post la Unua mondmilito al la jugoslavia urbo Mostar en Bosnio kaj Hercegovino kaj fariĝis parto de la pentrista kolekto tre speciala, nuntempe gardata en la Arta galerio de la urbo Sarajevo. La pentraĵoj alvenis kun lia modelo, iam ĉarma fraŭlino Jeanne, kiun la pentristo amis kaj kies vizaĝon Ferdinand Hodler enmetis sur la monbileto de 50 svisaj frankoj, kiam li desegnis ilin por la Svisa Banko.

Mi verkas en la internacia lingvo Esperanto, kiu ankaŭ en Koreio havas longan tradicion. Multaj koreaj esperanistoj ĝuas Esperanton. La filo de la pentristo Ferdinand Hodler, Hector Hodler, havis grandan pasion por Esperanto. En la svisa urbo Ĝenevo li fondis en 1908 Universalan Esperanto-Asocion. Tial por mi la pentrista mondo de la patro Ferdinand, ĉe kiu kreskis la filo Hector, estis eĉ pli interesa.

Speciale elkoran dankon mi esprimas al s-ro Ombro, kiu tradukis mian verkon kaj al s-ro Mateno, kiu eldonis ĝin en Koreio.

2021.10.05. Zagreb Spomenka Štimec

한국어판 독자에게 보내는 인사의 글

한국에 계시는 독자 여러분, 저는 크로아티아에서 활동하는 작가 스포멘카 슈티메치입니다.

우리나라 크로아티아는 코로나19 때인 지난 2020년과 2021년에 지진 피해도 많았습니다.

제가 쓴 『Hodler en Mostar』 작품에 관심을 많이 가져 주셔서 고맙습니다. 호들러는 20세기 가장 유명한 스위스 화가 페르디난드 호들러 Ferdinand Hodler(1853 - 1918)의 성씨입니다. 스위스에서는 이 나라를 빛낸 그 화가와 그 화가의 작품을 여전히 칭송하며, 고마워하고 있습니다.

그러나 그 화가 작품 중 일부가 신비한 손에 이끌려 제1차 세계대전을 지나 유고슬라비아 모스타르(지금은 보스니아-헤르체코비나 내 도시)로 왔습니다. 다행히도 지금 그 작품들은 사라예보시립 미술관(Arta galerio de la urbo Sarajevo) 전시실에 특별 보호를 받고 있습니다. 이 작품들은 매력적인 모델이었고 그 화가가 사랑하던 잔(Jeanne)의 소장품입니다. 그 화가의 작품 하나는 스위스 50프랑짜리 지폐에도 볼 수 있는데, 그 모델 여성의 얼굴이 그 지폐 안에 그려져 있습니다. 이 얼굴은 스위스은행을 위해 그 화가가 디자인한 것입니다.

저는 이 작품을 국제어 에스페란토로 집필했습니다. 한국에서도 에스페란토 운동의 역사는 100년이나 됩니다. 수많은 한국인도 에스페란토를 배우고 익혀, 이를 국제적으로 잘 활용하고 있습니다.

그 화가 페르디난드 호들러의 아들 헥토르 호들러 Hector Hodler는 에스페란토에 대한 열정이 대단했습니다.

헥토르가 1908년 스위스 제네바에서 **세계에스페란토협회** Universala Esperanto-Asocio를 창립했습니다.

그러한 인연으로 저는 아들 헥토르 호들러를 키운 아버지 페르디난드 호들러의 삶에 더욱 관심이 갔습니다.

이 작품을 한국어로 옮겨 준 장정렬(Ombro)씨와 책으로 펴낸 진달래 출판사 오태영(Mateno) 대표님께 멀리서 감사의 인사를 남깁니다.

2021.10.05. 자그레브

스포멘카 슈티메치(Spomenka Štimec)

작가 소개

Spomenka Štimec
Foto: Slavica Štefić / GLAS HRVATSKE

스포멘카 슈티메치(Spomenka Štimec: 1949~)는 현대 에스페란토 문학의 가장 감성이 풍부한 작가로 알려져 있다. 작가는 1949년 자신이 태어난 크로아티아에 현재 살고 있다. 1964년 학창시절에 에스페란토를 배우고, 자그레브대학교(언어학 전공)를 졸업하면서 프랑스어와 독일어 교원 자격증을 취득했다. 졸업 후 1972년~1994년까지 Internacia Kultura Servo(국제문화서비스) 문화단체를 설립, 운영하면서 국제인형극페스티벌을 조직하고, 자그레브 TV와 공동작업(번역)에 참여하고, 1995년부터는 크로아티아에스페란토연맹 사무국장으로 활동하는 등 전문 활동가로 일하였다.

그녀는 에스페란토 작가로 등단했다. 1983년부터 세계에스페란토작가협회 사무국장 업무도 겸직했고, 나중에 에스페란토학술원 회원이 되었다. 에스페란토로 쓴 첫 작품은 사랑과 이별을 그린 『내부 풍경 위의 그림자』(Ombro sur Interna Pejzaĝo)이다. 그 뒤 자신의 세계 여행 경험을 에세이 『일본에서 부치지 못한 편지』

(Nesenditaj Leteroj el Japanio)(에스페란토원작, 중국어 번역판, 일본어 번역판 출간)로 출간했다. 에스페란티스토의 눈과 마음으로 세상을 분석한 에세이『내 기억의 지리』(Geografio de Mia Memoro), 단편소설집『이별여행』(Vojaĝo al la Disiĝo) 등이 있다.

연극으로 공연된 작품도 둘 있다. -하나는 안트베르펜에서 열린 세계에스페란토대회에서 공연된 『손님맞이』(Gastamo)와, 베이징에서 열린 세계에스페란토대회에서 공연된 『태풍 속에 속삭인 여인』(Virino Kiu Flustris en Uragano)이다. 세계를 여행한 뒤, 1990년대 초 그녀는 자신이 사는 나라와 고향 자그레브에서 독립전쟁을 겪었다. 당시의 그곳 에스페란티스토들의 삶을『크로아티아 전쟁체험기』(Kroata Milita Noktolibro, 1993년)를 펴내 전쟁 참상을 알렸으며, 이 책은 독일어판(1994년), 일본어판(1993년), 프랑스어판(2004년), 중국어판(2007년), 아이슬란드어판(2009년), 스웨덴어판(2014년)으로 번역 출간되었고. 이번에 한국어판이 나왔다.

그녀는 자신의 문학적 감수성을 1966년 『중유럽의 가정 - 테나』(Tena-Hejmo de Mezeŭropo)를, 2002년 오스트리아 태생의 공연배우가 유대인 가족이라는 이유로 자그레브에 피신해, 자그레브에서 약 20년간 살게 된 인연을 기반으로 이 공연 배우의 일대기를 그린『틸라』(Tilla)를 전기소설 형식을 흥미롭게 그리고 있다. **또한 2006년 세계 유명 화가와 에스페란티스토의 삶을 그린 전기작품『상징주의 화가 호들러를 찾아서』(Hodler en Mostar)를 통해 표현했다.**

단편작품들은 『보물』(Trezoro)이라는 단편소설 안톨로지에 실리고, 『독서 시작』(Ek al Leg’) 문선집에, 에스페란토 학습서 『에스페란토 나라로의 여행』(Vojaĝo al Esperanto-lando)(Boris Kolker 편저)에, 또 단편 소설집 『세계들』(Mondoj)에 실렸다.

그녀는 에스페란토 강사로 일하며, 에스페란토 공동교재의 집필자이기도 했다. 에스페란토 학술원 회원인 그녀는 서울의 단국대학교, 미국 하트퍼드(Hartford)와 샌프란시스코에 소재하는 대학교들에서 강의를 맡기도 했다. 스포멘카 슈티메치 작가의 상세정보는 https://www.esperanto.hr/spomenka.htm를 통해 알 수 있다. **현재 크로아티아 에스페란토 연맹 (Kroata Esperanto-Ligo) 회장이다.**

◆원서 정보◆

지은이: 스포멘카 슈티메치(Spomenk Štimec)
작품명: 『모스타르에서의 호들러』(HODLER EN MOSTAR)
에스페란토 원작

이 책을 구매하신 모든 분께 감사드립니다.
출판을 계속하는 힘은 독자가 있기 때문입니다. 평화를 위한 우리의 여정은 작은 실천, 에스페란토를 사용하는 것입니다. (오태영 *Mateno* 진달래 출판사 대표)

차 례

1881년의 페르디난드 호들러 작품 <제네바 호수 위의 달빛>, 캔버스에 유화('낯선 손'이라는 뜻의 FH으로 서명, 17.3*23.5cm). 위 작품은 보스니아-헤르체고비나 미술관 소장품이었으나, 전쟁 중 도난당했습니다. 본 작품의 저자는 위 작품의 게재와 동시에 도난 사실의 공표 허락을 해준 보스니아-헤르체고비나 미술관에 감사를 전합니다. 우리는 이 작품이 하루속히 소장자의 품으로 되돌아오기를 진심으로 희망합니다. 미술관 주소는 다음과 같다.

Umjtnička galerjja BiH
Zelenin berektki 8
BA 71000 Sarajevo
Bosnio kaj Hercegovino

1. 첫 포즈

그이는 화가다. 그 여자는 모델이다. 그이는 스위스 유명 화가다. 그녀 이름은 쟌 샤를(Jeanne Charles)이다. 그녀는 그의 여러 모델 중 한 사람이고, 그가 정말 아끼는 모델이다. 그녀 자신은 그의 아틀리에에 처음 들어섰을 때, 자신이 여기서 15년간이나 모델로 일할 줄 몰랐다. 그녀가 처음 이곳에 들어섰을 때, 주저하는 마음이 있었다. 마음이 조금 불편했다. 이곳이 그 유명 화가가 거주하는 곳이었으니. 그녀가 나중에 자신의 모델 일을 그만두었을 때, 유럽에서 가장 유명 미술작가인 그이에게 포즈를 짓는 모델 일도 그만두었다.

그 화가 이름은 페르디난드 호들러(Ferdinand Hodler)[1]이다. 페르디난드 호들러 라는 이름은 빈센트 반 고흐(Van Gogh)[2], 고갱(Paul Gaughin)[3], 뭉크(Edvart Munch)[4]와 같은 화가 이름 옆에 나란히 설 만큼 존경받는 인물이다.

쟌 사를이 모델로서 첫 포즈를 취하러 자기 옷 단추를 풀던 때 나이는 스물여섯.

1901년 초였다.

한 세기가 시작하기엔 창틀에 내린 눈처럼 순수하고 아직 어린 시기다. 아직 아무 일이 일어나지 않았다. 노벨상[5] 시상식과 같은 행사도 아직 시행되지 않았다.

1)역주: 페르디난드 호들러(1853-1918). 스위스 상징주의 화가.
2)역주: 네덜란드 태생의 인상파 화가(1853-1890)
3)역주: 프랑스 태생의 인상파 화가(1848-1903)
4)역주: 노르웨이 화가(1863 -1944)

미국 보스턴의 질렛(Gillette)이라는 사람이 자신이 개발한 면도기의 특허 출원도 아직 하기 전의 시점이다[6]. 스위스 베른 특허국이 아직 알베르트 아인슈타인(Alberto Einstein)을 3급 기술자 자리에 채용하지도 않은 시점이다.[7] 독일 외과 의사 아우구스트 비에르(August Bier)가 척추 마취 시술 때 코카인 효능을 입증하지 못해, 공표를 아직 미뤄놓고 있는 시점이다. 미국 텍사스에 아직 석유가 발견되지 않은 시점이다.[8] 이라크 바그다드로 가는 철도부설권을 누구에게 줄지 아직 결정되지 않은 시점이다[9].

호들러는 쟌 사를에게 오전 10시 자신의 아틀리에로 와 달라고 요청했다. 그는 햇빛을 이용해 그 모델의 그림을 그릴 계획이었다.

그 화가가 모델 쟌 샤를의 외투를 받았다. 장소는 아주 협소했다. 그녀는 그리 크지 않은 소파를 발견하고 살짝 웃었다. 포즈를 취하는 모델 비용은 이미 결정되어 있었다. 그 화가는 자기 동료 화가의 아틀리에에서 그 모델을 처음 만났다.

이곳 아틀리에에도 화학제품 냄새가 났다. 그녀가 소파 위로 몸을 뻗었을 때, 재채기가 나왔다.

---

5)역주: 스웨덴 화학자 노벨의 유언으로 1896년 제정되었으나, 1901년 12월 10일 첫 수상식이 이루어졌음

6)역주: 1901년 설립된 질렛 회사는 1904년 발명 특허를 신청하였다.

7)역주: 이 일은 1902년에 있었다.

8)역주: 1901년 발견됨

9)역주: 독일 황제 빌헬름 2세가 투르크를 직접 방문, 이듬해 하이달파샤~코냐~바그다드~바스라를 연결하는 철도부설권을 얻었다. 1903년 바그다드 철도회사가 설립됨.

한 번, 두 번, 세 번.
그이는 재채기가 멈추기를 기다렸다.
"아마도 당신은 뭔가 입어야겠군요."
그이는 웃으며 말했다.
그이가 가져다준 덮개는 아주 얇았다. 덮개 한 모서리에 그 화가는 자신이 손에 든 푸른 물감이 묻은 붓을 닦았다.
"팔을 좀 뻗어 봐요."
그녀는 자신의 팔을 뻗고는 화가가 말하는 쪽을 쳐다보았다. 눈길이 닿은 서가에는 책이 1권 놓여 있었다. 지그문트 프로이트(Sigmund Freud)[10]의 『꿈의 해석』[11]이다. 초판이다. 받은 지 얼마 되지 않았나 보다. 아직 열어보지도 않은 태였다.
화가는 그녀를 쳐다보다가, 서둘러 자신의 화선지에 눈길을 옮겼다.
그녀는 말이 없다. 그녀가 생각하기에, 이 침묵이 너무 긴 것처럼 느껴졌다.
"아직 그 자세로 좀 더 있어요."
그가 요구했다.
그녀는 작가들 앞에서 포즈를 취한 적이 한두 번이 아니다. 그녀는 참을성이 필요함을 알고 있다.
화가는 서둘러 물감으로 그림을 그리기 시작했다.
"피곤한가요?"

---

10)역주: 프로이트(1856-1939)는 오스트리아의 정신과 의사, 철학자이자 정신분석학파의 창시자이다.
11)역주: 프로이트는 1899년 11월 라이프치히와 비인 두 곳에서 『꿈의 해석』을 동시에 출판했다.

그녀는 포즈 때문에 피곤한 게 아니라, 화가 눈길에서 피곤함을 느꼈다. 눈길은 그녀를 향해 고정된 채, 깊숙이 들어왔기 때문이다.

그녀가 취한 자세는 자신의 첫 포즈 자세가 아니지만, 그녀의 가장 아름다운 자세였다. 그러고 가장 오랫동안 해 본 자세다. 그날, 그녀는 밤새 그곳에 있었다.

밖에 눈이 왔다. 아틀리에에는 이미 말라버린 빵과, 좀 썩은 냄새가 나는 치즈가 있었다. 포도주병 속의 붉은 와인은 거의 절반 정도 남아 있었다. 화가에겐 노란색 자국이 나 있는 잔 하나뿐이다.

그날 밤, 그녀와 화가는 작은 소파에서 이야기를 나누었다.

"저는 프랑스 리옹(Lyon)에서 태어났어요."

그녀 입술은 그의 귓가에 아주 가까이 있었다.

"제가 언제 태어났는지는 말하지 않겠어요. 선생님은 제 나이 알면, 저를 해고할걸요."

그녀는 웃었다.

"엄마는 꽃가게를 하였어요. 엄마가 튤립 줄기를 리본으로 묶으면 그 튤립 줄기 꼭대기까지 올라갔던 물이 흘러내리지 않게 되지요. 그렇게 저도 엄마가 기르는 튤립처럼 곧게 자라야만 했어요. 아버지에 대해선 저는 잘 몰라요. 16살 때 저는 집을 뛰쳐나왔어요. 아마 어머니는 저를 한 번도 찾지 않았을 겁니다. 저는 리옹으로 더는 가지 않았구요."

화가는 자신의 귓가에 들리는 그녀 입술의 움직임이 맘에 들었다. 그녀도 그 화가 옆에 누워 있는 것이 즐거웠다. 그이 머리가 그녀 얼굴에 가까이 오자, 그녀는 그 화가 눈길이 이젠 더는 지루하지 않았다.

그이는 그녀 입술이 그의 귓가에서 멀어지지 않게 하려고 16살 난 소녀가 가출한 이유를 묻지 않았다. 그러나 그녀는, 그럼에도, 자기 입술을 떼놓았다.

"이젠 선생님 이야기를 해 주셔야 해요!"

그녀가 자기 손가락으로 화가의 턱수염을 당겼다.

"스위스 베른에서 태어났어요. 1853년에요. 3월. 14일에요. 아홉 남매 중 맏이요. 베른은 내게 집과 탑, 우물에서 무엇이 아름다움인지를 가르쳐 주었어요. 라쇼드퐁(La Chaux-de-Fonds)[12]에 있는 학교에서 첫 수업을 들었어요. 12살이 되었을 때는 이미 다섯 동생이 죽었고 아버지도 돌아가셨어요. 폐결핵으로요. 어머니가 화가 슈에프바흐(Schuepbach)와 재혼하는 바람에 나는 새아버지 곁에서 일을 시작했어요. 어머니는 재혼한 지 1년 만에 돌아가셨어요. 나는 새아버지 공방을 떠나, 제네바로 갔어요."

"선생님 혼자서요? 소년으로요? 동생 다섯에 어머니까지 별세하시고 난 뒤에요?"

"13살 때 일이었지요. 앙리 지루(Henri Giroud)라는 프랑스 작곡가가 나를 받아 주었어요. 나중에 자신의 도제 학생으로 나를 받아 준 분은 멘(Menn)[13] 교수님이셨어요. 그것은 내게 아주 중요한 일이었어요. 그분은 나

---

12)역주: 남쪽 프랑스와 밀접한 스위스 작은 도시. 아르 누보의 중심지이자 시계산업으로 유명한 곳.

13)역주: 바르텔레미 멘(Bathelemy Mann) 에콜 데 보자르의 교수

를 그분 제자 인그레스(Ingres)와 같은 급으로 인정해 주었어요. 그분은 내겐 지혜 그 자체를 의미했어요. 바로 그분이 나에게 쳐다보는 법, 바라보는 법을 가르쳐 주었어요."

"그리고 선생님은 여성 누드를 그린 첫 작품으로 유명해지셨군요?"

"전혀. 나의 처음의 진지한 작품은 〈대학생〉이라고 이름을 지었어요. 내가 학업을 마치기 두 해 전에 그 작품을 그렸는데, 그 작품은 내게 주거 공간을 마련해 준 그 집 지하실에서 완성했어요."

"이야기 속에 영감을 준 여인은 부족하지 않았겠지요?"

"영감 준 여성들은 스페인에 살고 있었어요. 나는 그곳, 프라도(Prado)로 갔어요. 2년간 나는 루벤스[14](Rubens)와 벨라스케[15](Velasquez)를 연구하러 스페인 전국을 여행했어요. 루벤스는 나를 정말 미치게 했어요."

"돌시네아(Dolcinea)는요?"

"그녀 이름이 아우구스티네(Augustine)였지요."

"마드리드에서 그녀를 알았나요?"

"전혀, 그렇지 않아요. 나는 그녀를 스위스의 내 집에서 만났어요. 먼저 내가 주문을 받아 〈베른(Bern) 주

---

14)역주: 페테르 파울 루벤스(Peter Paul Rubens, 1577~1640)는 독일 태생으로 17세기 바로크를 대표하는 벨기에 화가이다. 루벤스로 알려져 있음. 역동성, 강한 색감, 관능미 등을 추구함.

15)역주: 디에고 벨라스케스 (Diego Velasquez, 1599년~1660년)는 스페인 바로크시대를 대표하는 작가로서 평생을 왕정 화가로 활동.

(州)에서의 기도>라는 작품을 그렸어요. 나중에 나는 첫 아틀리에를 제네바에서 갖게 되었어요. 작은 다락방을요. 나는 내 첫 아틀리에 주소를 언제나 기억하고 있어요. 'Rue du Cendrier 15'. 나는 그때 아우구스티네를 만났어요. 옷 만드는 디자이너였어요. 우리는 서로 사랑에 빠졌어요. 나는 콩쿠르에서 그녀 셔츠를 그려 3등에 당선되었어요. 1884년에요."

"그리고 그녀가 선생님께 아이 아홉을 낳아 주었네요."

"그건 아니고. 아들 하나만."

"아들 이름은 뭐에요?"

"헥토르(Hector)."

"헥토르 호들러(Hector Hodler). 성명에 'H'가 두 개로 시작되니 흥미롭네요."

"그 아들, 올해 몇 살이에요?"

"그 아이는 1887년에 태어났어요. 지금은 학생."

"어디서 생활해요?"

"학교에서요. 우리는 자주 만나요."

"그리고 아내분은요?"

"헥토르가 어렸을 때, 우린 서로 헤어졌어요. 내 성격이 그녀에겐 좀 수긍하기 힘들었나 봐요. 내가 아틀리에에서 계속 열어온 '문학의 밤' 행사에 곧 지루해했으니."

"선생님은 아내분도 스케치하셨나요?"

"그럼, 그럼요. 아내도 나에게 포즈를 많이 취해 주었지요. 헥토르도 자주 포즈를 취해 주었어요. 헥토르와

나는 아주 사이가 좋아요."

"그럼, 그 모델 여성 아우구스티네는 어떻게 살고 있나요?"

"그녀는 자기 나름대로 수수하게 살아가고 있어요. 우리 사이에 헥토르가 있어 우리는 친구처럼 계속 만나고 있어요."

"제 여자 친구 미미가, 제가 이곳에 일하러 간다고 하니까, 제게 말하길, 선생님은 치마를 쫓아다니는 남자라고 했어요. 또 선생님의 작품 중 가장 유명한 작품은 <밤>이라고 알려 주었어요. 미미는 선생님이 베르테(Berthe)의 남편이라고 알려 주었어요."

"그건, 미미가 제대로 알려 주었네요. 나는 베르타(Bertha)라는 여성과 이혼했고 지금은 베르테(Berthe)의 남편이지요. 그리고 그 <밤>이라는 작품이 호평받은 작품이지만, 주제는 여인이 아니라 죽음이지요."

"베르트(Bert-)라는 낱말로 시작하는 여인들과는 그만큼 많은 밤을 보내었겠군요. 그럼 언제 그녀와 결혼했나요?"

"1889년에요. 내가 틀리지 않았다면요. 그래요. 1889년에 결혼했다가 1891년 헤어졌어요."

"아우구스티네는 당찬 여성이네요."

쟌은 생각에 잠긴 듯이 말했다.

그러고는 그녀는 자기만 들을 수 있을 정도로 말했다.

'이 선생님은 한 살 된 아이를 가진 그녀를 놔두고, 베르타와 결혼했네.'

"당차다고요? 당연한 말씀! 상상해 봐요. 그녀는 내 아틀리에가 있던 집의 지붕 위에 올라가, 나를 위해 <용감한 여성>이라는 작품 포즈를 취해 주었어요."

잔은 그것이 아닌 다른 용감성을 말했지만, 화가가 생각하는 용감과의 차이를 고치려고는 하지 않았다. 그녀는 이미 그이 말과 자신의 말이 같은 의미를 말하지 않음을 알아차렸다.

"그럼 <밤>[16]이란 작품은 왜 유명해졌나요?"

"나는 <밤>을 '봄날의 살롱'을 위해 만들었어요. 그리고 그 안에서 나는 죽음의 환상을 주제로 잡았어요. 죽음이 유령처럼 나를 찾아 왔지요. 하지만 그 작품은 죽음 때문에 유명해진 것이 아니었어요. 그 작품이 전시회장의 벽에 설치되자, 살롱 측에서 '대중의 취향에 모욕감을 준다는 구실로' 그 작품을 철거해버렸어요. 그 철거된 작품을 내가 궁전공원(Palace Electoral)에 단독으로 설치했지요. 언론계에서 '배심원은 받아들였지만, 평의회가 거부했다'며 그 작품에 관련된 스캔들을 아름답게 광고해 주었지요. 그렇게 설치 거부된 작품을 보러 1,300명이나 되는 관람객이 다녀갔답니다. 그 해에, 나중에, 나는 그 <밤> 작품을 파리로 가져갔어요. 그곳에서 호평을 받았어요. 또 그 <밤>은 뮌헨 국제 미술전시회에서 금상을 받았네요."

"제네바 사람들이 전시회가 개최되기도 전에 그 작품을 내려놓았다구요? 제네바 사람들은 정숙함을 좋아한다는 것은 저도 알아요. 하지만 뮌헨 사람들은 그만큼

---

16) 역주: 1890년경의 작품.

환영하였다니, 놀랍군요. 그게 언제 일어난 일인가요?"
"10년 전에요."
"그럼, <밤>은 선생님 경력 중 가장 중요한 날이 되겠군요?"
"아마 아닐 거요. 가장 중요한 날은 내가 지난해 <비엔나와 베를린 분리(Viena kaj Berlina Secesio)> 단체[17]에 회원 가입한 날이 되겠지요. 당신 어깨가 벌써 차가워졌네요!"
"베를린의 뭐라고요?"
"분리(Secesio) 단체. 아르누보[18](L' art Nouveau). 유겐트양식(Jugendstil)." 그는 그녀 몸을 따뜻하게 해 주려고 이불을 당겼다.

1901년이다.

---

17) 역주: 구스타프 클림트 (Gustav Klimt, 1862 ~ 1918)가 1897년 비엔나의 보수 예술가 집단인 [쿤스틀러 하우스]를 탈퇴하고 요셉 호프만, 콜로만 모저 등과 함께 [비엔나 분리파]를 창설, 초대 회장에 선임된다. 1900년대로 접어들면서 [비엔나 분리파]의 지나치게 장식적인 경향과 계급적 모호성에 대한 비난이 안팎으로 제기되면서 분열의 조짐을 보이자, 자신의 작품에 대한 집요하고도 잔인한 비난에 지쳐 있기도 했던 클림트는 1905년 돌연 회장직을 사임하고 독자적인 예술세계로 침잠한다.(출처:
http://k.daum.net/qna/openknowledge/view.html?category_id=OJ&qid=2dlZz).
그 뒤 페르디난드 호들러가 회장으로 선출되었다.

18)역주: '아르누보'는 영국·미국에서의 호칭이고, 독일에서는 '유겐트 양식(Jugendstil)', 프랑스에서는 '기마르양식(Style Guimard)', 이탈리아에서는 '리버티 양식(Stile Liberty:런던의 백화점 리버티의 이름에서 유래)'으로 불린다. 아르누보는 유럽의 전통적 예술에 반발하여 예술을 수립하려는 당시 미술계의 풍조를 배경으로 하고 있는데 특히 모리스의 미술공예운동, 클림트나 토로프, 블레이크 등의 회화의 영향도 빠뜨릴 수 없다. 아르누보의 작가들은 대개 전통으로부터의 이탈, 새 양식의 창조를 지향하여 자연주의·자발성·단순 및 기술적 완전을 이상으로 했다.

새로운 세기에서 아직 아무 일도 일어나지 않았다.
눈이 내렸다. 스위스의 깨끗한 겨울이다. 소파에서 보니 창문을 통해 눈송이들이 보였다. 쟌은 화가의 따뜻한 몸에 더욱 다가갔다.
쟌 샤를은 페르디난드 호들러의 삶 속에 자리 잡았다.
아침에 일어나니, 화가는 몸이 뻐근했다. 두 사람이 함께 잠자기에는 침대가 정말 좁았다.

그이는 오늘 밤에 자신의 집에 손님들이 많이 올 걸 알고 아내가 준비하고 있겠구나 하고 기억이 났다.
그이는 자신이 어제 그린 그림 앞에 섰다. 그리고 생각에 잠긴 듯 물끄러미 그 그림을 보고 있었다. '나쁘진 않군!' 그는 만족했다.
그이는 자신이 빠져나와, 좀 넓어 보이는 소파의 한 곳을 차지한 채 있는 여성 모델 쟌의 몸매를 보고 살짝 웃었다. 쟌은 아이처럼 붉은 뺨을 한 채, 아직도 자고 있었다. 그녀의 두 눈썹이 좀 움직였다. 그녀는 꿈을 꾸고 있었다.
호들러는 쟌을 쳐다보는 눈길을 거두고는, 자신이 어제 그린 그림으로 다시 눈길을 돌렸다. 그는 아무것도 더하지 않기로 마음을 먹었다.
그는 자신의 삶에 새로운 장이 시작되었음을 아직 모르고 있었다,
새로운 악장, 쟌 샤를이라는 악장.

2장 *아틀리에*에서

잔은 호들러의 아틀리에에서 잘 지냈다. 잔은 미미와 함께 쓰는 자신의 방에 공동 생활하였지만, 미미 혼자 지내는 경우가 많았다. 잔은 그 아틀리에의 좁은 소파조차도 좋아지기 시작했다. 잔은 호들러 씨가 집안일로, 또 미술계의 여러 일로 자주 아틀리에를 비우는 것에 익숙해졌다. 그럼에도, 그 화가는 아틀리에에서 어느 때보다도 훨씬 더 많은 시간을 보냈다.

잔은 청소를 즐겨 하는 성격은 아니지만, 그래도 아틀리에를 한 번 정리 정돈할 결심을 했다. 그녀가 'F' 라고 부르는 'F' 가 나가고 없을 때, 그녀는 빗자루를 들었다. 그녀는 물감이 반쯤 남은 튜브들을 정돈하는 방법을 찾기 시작했다. 여러 종류의 붓은, 그 화가가 이전에 한 번, 절인 오이를 할인 가격으로 사 온 그 오이를 담은 통에 꽃다발처럼 정리했다. 또 그녀는 화가의 물감 튜브들을 담아 둘, 편평한 통도 하나 있었으면 하고 생각했다. 살라미 소시지와 치즈 냄새가 풍기는 구겨진 종이들을 모으면서, 그녀는 한 묶음의 스케치들을 찾아냈다.

'선생님을 화나게 하지 않으려면 이것들을 버리면 안 되지!' 그녀는 위험을 예상했다.

내용물이 이미 비어있는 여러 개의 포도주병이 있던 자리 뒤에서 그녀는 아우구스티네를 발견했다. 도화지 뒷면에 <재봉하는 여인>이라는 제목과 1887년이라고 적혀 있었다.

잔은 그림 속 여인을 유심히 보았다. 여인은 고개를 숙인 채, 하얀 뭔가를 진지하게 바느질하고 있었다. 페르디난드의 셔츠일까? 그 여인의 앞쪽 탁자에는 여러 개의 바늘과 종이들이 담긴 작은 방석이 놓여 있었다. 땋은 머리를 가지런하게 한 여인은 두 겹의 턱을 갖고 있었다. 셔츠로 배를 가리고 있다. 그녀는 임신해 있다. 그럼, 이게 그녀 아들인 헥토르를 모델로 그린 첫 작품이구나. 먹, 숯, 구아슈 수채화.

잔은 더욱 궁금했다.

아우구스티네 모델 뒤편에 부엌 찬장이 있고, 4개의 잔, 상자들, 도구들이 놓여 있었다. 그 여인은 부엌에서 일하고 있었다. 페르디난드는 부엌에 일하는 그 여인의 모습을 그렸구나. 사치라곤 찾아볼 수 없었다.
화가 아들의 엄마구나. 엄마는 긴 소매의 드레스를 입고 있었다. 가을에 그렸구나. 그것 말고는 따뜻함의 흔적은 없었다. 잔은 그 스케치를 뒤집어 보았다. 페르디난드 호들러의 서명이 없다.

누군가 아틀리에 문의 자물쇠 구멍을 달그락 그리는 소리가 들려왔다. 이제 'F'가 돌아오는가 보다. 잔은 지금까지 보고 있던 그 스케치를 원래 놓인 자리로 다시 가져다 놓았다.

화가는 요란하게 자신의 외투를 벗었다.

화가는 그녀에게 키스하러 다가왔다.

"호오, 정말 밖이 추워요!"

"그렇게 차가운 몸으로 다가오진 마세요! 선생님 턱수염에 서리도 있네요!"

화가는 그녀 귀 뒤에 키스하는 걸 좋아했다. 그곳에는 그녀가 쓰는 향의 체취가 남아 있었다.

쟌은 한때 페르디난드가 가져온 물감 통에 담긴 마분지 상자를 찾아냈다: 그 화가는 평소에는 물감을 여러 번 조금씩 구입했으나, 자기 작품 하나가 팔려 여유가 좀 생기자, 장래에 쓸 재료를 한꺼번에 대량으로 구입했다. 쟌은 뭔가 그려져 있는 빳빳한 짜투리 종이들로 상자 하나를 만들어, 자신이 청소하면서 여기저기서 찾아낸 스케치 자료들을 그 상자에 담았다. 그 속에는 초벌 그림들을 모은 것을 비롯해 이런 작품들이 들어 있었다. -〈제네바 호수 위의 달〉,〈1897년 포스터 인물 연구〉, 〈초상화 연구〉. 〈누워있는 암소〉, 〈1897년 포스터〉, 〈전나무 숲의 풍경〉, 〈진실을 위한 작품 연구〉, 〈떡갈나무를 위한 작품 연구〉, 〈인생에서 지친 중년의 연구〉, 〈전기를 위한 천사의 머리 연구〉, 〈꽃을 든 소녀〉, 〈에우리트미아(Euritmia)를 위한 연구〉, 〈전사를 위한 연구〉, 〈석공 연구〉, 〈우는 여인〉, 〈아우구스티네〉, 〈영원을 바라봄에 대한 연구자료〉, 그 마지막 스케치인 〈영원을 바라봄에 대한 연구자료〉을 위해 포즈를 취한 이는 가슴에 손을 얹은, 맨몸의 헥토르였다. 뒷면에 호들러가 〈Hector 10 ans 10 mois(mesure 1,48metre, 1898, goudrone noir.)[19]라고 쓴 글이 보였다.

화가 호들러가 아틀리에에 앉아 주변을 살피자, 놀라움을 금치 못했다. 아틀리에가 정말 아름답게 정리되어

---

19)주: (프랑스어)1898년, 10년 10개월의 나이의 헥토르 호들러. 키 1.48m, 검은 타르.

빛나고 있었다.
"불평하시면 안 되구요! 선생님이 앞으로 찾게 될 모든 것은 제가 서랍에 둔 지도를 보시면 됩니다! 〈제가 수집한 작품들〉이라고나 할까요?"
'나쁘진 않군!'
호들러는 아틀리에가 잘 정리되자 연신 놀라워했다. 화가는 쟌에게 청소부가 만일 여느 작가의 작업실의 여러 작품을 정리해 버린다면, 그건 정말 위험한 일이라고 이야기하려다 그만두었다. 그녀는 자신을 청소부로 생각해야 할 권리는 없다. 그녀는, 무엇보다, 감성을 일깨우는 여성이니.
"오늘 헥토르가 올 거요."
호들러가 알려 주었다.
"나는 그 애가 이 아틀리에의 변화를 느낄 수 있을지 궁금해요."
화가는 웃었다.

얼마 지나지 않아 헥토르가 들어섰다. 큰 눈을 가진 아름다운 소년임을 한눈에 알 수 있었다.
아빠는 아들을 쟌에게 소개했다. 아들의 아름다운 손은 악수를 위해 내밀었다. 헥토르는 아빠의 모델이 되는 여성들에 익숙해 있었다.
"용서해 주세요. 저는 여기에 오래 머물지 못해요. 제가 다음 주 토요일 에드몽(Edmond)과 같이 여행을 하려는데, 그렇게 해도 되는지 아빠에게 허락받으러 왔어요. 그 친구의 부모님이 저희를 그분들이 사시는 마을로 초대했어요. 그곳에 가면 저는 아주 기분이 좋을 것 같아요. 저희 둘이 기차로 여행하면, 저희를 기다리는 그분들이 나중에 역으로 마중을 나오실 거예요. 엄마는 이미 동의를 했지만, 엄마는 아빠가 결정해야 한다고 말씀하셨어요. 저는 에드몽의 부모님 댁에서 이틀 밤 지낸 뒤엔 혼자 돌아올 계획이고, 그 친구는 자기 부모님과 함께 그곳에 남아 있을 겁니다. 아빠가 동의한다면요."

소년 호들러는 기쁘게 숨을 헐떡거리며 자신의 계획을 말했다.

"당연히 내 허락받아야지! 14살부터 나는 이미 일을 시작해야 했지만, 너는 그런 체험도 해봐야지."

그런 뒤 아빠는 호주머니에서 지폐를 꺼냈다.

"이건 차비!"

"그런데, 에드몽이라는 아이는 누군가요?"

쟌은 궁금해 했다.

"학교의 제 어깨동무에요."

아들은 설명하는 데 열심이었다.

"저 아이가 그 학교에 입학하고서 만난 단짝 친구 에드몽이랍니다. 저 녀석들 우정은 아무도 못 말려요."

"저도 그런 우정 갖는 걸 좋아해요."

쟌은 의미심장하게 화가에게 말했다.

"그런 우정은 쉽지 않을걸요."

"아빠, 지금은 뭘 하고 계세요?"

헥토르가 화제를 돌리길 원했다.

한 손에 찻잔을 든 아들은 아빠가 데생 작업하는 것에

다가섰다.
"스케치하고 있지. 나는 <감성>을, <감성 연구>를, <봄 연구>를 해보려고 노력하고 있지."
헥토르는 말없이 쳐다보고 있었다. 그림 속의 누드 여성은 쟌이었다. 그 점은 아주 분명하게 보였다.
"흥미롭군요. 저걸 대형 사이즈로 만들 건가요?"
"아직은 준비 단계일 뿐이야. 더 낫게 만들어야 해. 아직 형태를 정하지는 못했어."
"주문이 많았으면 해요."
아들은 살짝 웃었다.
"내가 반대할 이유는 전혀 없지."
아버지는 그 아이디어를 받아들였다.
쟌도 그 아이디어에 반대할 것은 전혀 없었다, 하지만 그녀는 아빠와 아들이 가정일을 의논할 때는, 그 논의의 바깥에 있는 모델 여성일 뿐이다.
곧 헥토르가 작별인사를 했다.
출입문에서 아빠는 다시 자신의 손을 자기 호주머니에 넣었다가 지갑을 찾았다.
"네 엄마에게 이걸 좀 전해 주렴? 너도 부쩍 컸구나. 신발을 새로 사 신어야겠어. 에드몽과 함께 산으로 여행하려면 특히 네겐 신발이 중요해. 내년에도 내 발에 맞는 신발을 신어요."
"화가의 세심한 눈으로 저를 관찰해 주시니 제가 행운아이군요."
헥토르는 넌지시 장난스럽게 말했고, 곧 실무적으로 덧붙였다.

"고마워요, 아빠. 돈도 주시고, 허락도 해주셔서!"
서둘러 그는 아빠에게 작별의 입맞춤을 하고는 이렇게 말했다.
"샤를 양에게도 존경을 표합니다!"
헥토르는 에드몽에게 아빠가 여행 경비를 지원해 주셨다고 알리러 서둘러 갔다. 당시 그들 둘에겐 지출할 데가 그리 많지 않았다.
그런데 그 지출은 1903년 이후엔 커졌다. 그때 그들은 자신이 만든 작은 잡지를 국제적으로 발송하는 우표 구입비가 언제나 충분하지 않았다.
"아들 헥토르가 선생님 재능을 이어받았나요?"
화가와 쟌 두 사람만 남게 되자, 쟌은 궁금했다.
"재능이 보입니다. 우리 아이는 그림 그리는 법을 알지만, 그림은 그의 관심 사항이 아니에요. 그의 열정은 다른 곳에 남아 있어요. 좀 낭비하는 면이 있긴 하지만요."
호들러는 대형 종이 위에 정사각형들을 그리기 시작했다.
"왜 선생님은 종이에 정사각형을 만드는가요? 전 이해가 되지 않아요."
"정사각형을 많이 만들어 놓으면 공간 분할 문제를 해결하는 데 도움이 됩니다."
그는 마분지에 그린 얼굴을 가위로 잘라, 그 얼굴을 이미 그려 놓은 정사각형 중에 맞는 곳을 골라 그 얼굴을 밀어 넣었다.
"오호, 그렇게 간단히요. 그건 저도 할 수 있겠어요."
"그럼 해 봐요! 왜 아닌가요?"

잔은 페르디난드가 아틀리에 바닥에 흩트러진 채 잘라 둔 종이들을 모아, 큰 백지 한 장을 집어, 그 백지 위에 정사각형들을 구분해서 배치하고는, 먼저 잘라놓은 종이들로 놀이를 시작했다.
"이제, 한번 봐 주세요! 제가 선생님이 하시는 대로 따라 하니 풍경이 잘 그려지네요."
"경쟁에 참여하게 된 것 환영합니다!"
숯을 그녀는 좋아했다. 그녀는 오랫동안 벽난로 곁에 웅크리고 앉아 숯을 바라볼 수 있었다. 그녀는 떨어지는 숯가루들이 좋았다.
잔은 난로 곁에 웅크린 채 가만히 있었다. 난롯가에 마련한 줄에 걸어놓은 그녀의 젖은 옷에서는 좋은 내음의 증기가 피어올랐다. 잔이 자리에서 일어났을 때, 그녀 얼굴은 피돌기의 옅은 붉은 색이 보였고, 두 눈은 꿈을 더한 빛을 갖고 있었다. 계란형 얼굴은 더욱 둥글게 보였다. 화가는 잔의 난로로 따뜻해진 모습을 좋아했다. 곧 화가는 그녀가 꿈꾸었던 모든 것을 들을 수 있었다.
"우리가 봄에 플로렌스Florence로 여행할 수 있을 정도로 충분히 부유했으면 하는 바람이 있어요."
"다림질해 주는 여자를 찾아냈어요. 그 여성은 이웃 사람들에게 다림질해주고, 친절한 편이에요."
"선생님은 전시회 개회식 때 입을 새 양복이 필요해요. 비엔나 행사에서 입은 옛것은, 좀이 좀 슬었어요."
'그런 건 저분의 아내가 챙겨야 하는데, 내가 지적할 일은 아니지.' 잔은 생각했다.

화가는 1904년 '비엔나 분리Viena Secesio' 행사에 함께 참석하도록 쟌을 초대하지 않았다. 전시회 개회식 때의 동반자는 화가의 아내다. 작품 모델들은 보통 가지 않는다. 만일 쟌이 그곳에 갔더라면, 쟌 자신은 호들러와 관련된 인물이 되었음에 정말 자랑스러워했으리라. 또 쟌이 호들러를 위한 특별 전시실에서 호들러의 비유법과 역사적인 작품들이 대형 조명 아래 걸려 있음을 보았더라면, 그녀 두 눈엔 눈물이 글썽거렸을 것이다. 또 쟌은 자신이 스케치 단계에서부터 보아온 작품들을 관람객들이 근엄하게 관람하며 지나갈 때도 감격의 눈물을 흘렸을 것이다. 쟌 자신은 자기 얼굴을 지나치는 관람객의 눈길을 기꺼이 좋아했을 것이다. 그렇게 대중의 경탄이 쟌에게도 전해졌을 것이다. 쟌은 바로 그 화가 앞에서 포즈를 취하고 있다. 이제 그 화가는 그녀를 사랑한다. 아주 아름다운 미소가 쟌의 얼굴을 더욱 온화하게 했을지도 모른다.

베를린에 갤러리를 설립한 폴 카시러(Paul Cassirer)[20]가 베를린에서 31점의 작품을 전시할 때 화가 호들러가 초대된 사실을 쟌은 아직 모르고 있었다. 또 그곳으로 클림트(Klimt)[21], 리베르만(Liebermann)[22], 젊은 코코슈카(Kokoschka)[23]와 칸딘스키(Kandinski)[24]가 초대 받아

20)역주: 독일에서 인상주의 회화로 성공을 거둔 갤러리스트. 1898년 베를린에 갤러리를 설립했다.

21)역주: 구스타프 클림트 (Gustav Klimt, 1862-1918). 오스트리아 화가. 관능적인 여성의 육체를 주제로 많은 작품을 남김. 1897년 '비엔나 분리파'를 결성하여 반(反) 아카데미즘 운동을 함. 1906년에는 '오스트리아 화가 연맹'을 결성하여 전시활동을 시작. 비엔나 아르누보 운동에 있어서, 가장 두드러진 미술가 중 하나.

22)역주: 막스 리베르만 Liebermann,Max (1847-1935) 인상주의 화가

올 거라는 것을 그는 아직 말하지 않았다.

집에서 하듯이, 쟌은 몸을 벽난로 쪽으로 다시 웅크렸다. 그는 쟌의 등이 굽어 있음을 응시했다. 그런데, 갑자기 그녀가 소리를 크게 지르고는 그 자리에서 펄쩍 뛰었다. 너무 늦었다. 날아온 불티가 그녀 팔을 향했고, 그녀가 입은 스웨터에 구멍이 났다.

"이것 좀 보세요! 완전히 구멍 났어요! 선생님이 입을 만한 윗옷이 없다는 걸 의논하는 그 사이에요! 이건 가장 귀한 스웨터인 걸요! 어디서 이런 연보라색 스웨터를 구하지! 선생님이 저 불에 숯을 넣는 일을 대신 좀 해 주세요! 이젠 이 난롯가에서는 무슨 이야기이든지 하고 싶지 않네요!"

화가는 불가에 웅크리고 앉아, 숯통에서 가장 아름다운 숯을 한 개를 골랐다. 두 개, 세 개.

화가는 더는 화롯가에서 그녀의 등 굽은 포즈를 데생하지 않았다.

2년이 지난 뒤, 호들러는 쟌에게 이젠 아들이 더는 미술에 관심이 없음을 확실히 알려 주었다.

"아들이 이제 국제어 사상에 푹 빠져 있어요. 그 일에

---

23)역주: 오스카 코코슈카 Kokoschka,Oskar (1886-1980) 표현주의 화가

24)역주: 칸딘스키(Wassily Kandinski(1866-1944)) 러시아 태생의 미술가인 칸딘스키는 현대 추상미술을 창시한 한 사람. 처음에는 법률과 경제학을 배웠으나, 1895년 인상파전을 보고 모네의 작품에 감명을 받고 이듬해인 1896년 뮌헨으로 옮겨 아즈베와 F.슈투크에게 사사하여 화가로 전향. 1905년 살롱 도톤의 회원이 됨. 그 전후에 이탈리아, 튀니지, 프랑스 등지를 여행, 1908년 이후 뮌헨·무르나우에 살면서, 1910년에 최초의 추상회화를 제작.

아들이 온 힘을 다 쏟고 있어요. 그의 친구 에드몽도 함께요."

"뭐라고 하였어요?"

"국제어 에스페란토."

"처음 듣는 말이네요. 하지만, 위험한 것 하나도 없는 것 같아요. 학생의 나이에는 뭐든 열정을 쏟게 마련인 걸요."

쟌은 그게 그 아들에겐 평생의 병이 될 것이라는 걸 이해하지 못하고 있었다. 헥토르와 에드몽이 에스페란토 박사(D-ro Esperanto)[25]가 창안한 국제어를 아주 열심히 배웠다는 것이 그녀에겐 별로 관심 되지 않았다. 아무렇지도 않은 일로 여겨졌다. 그 두 학생이 학창시절 벤치에서 생각해 내고, 창간한 에스페란토로 된 잡지에 대해 쟌은 전혀 상상할 수 없었다. 그리고 그 <젊은 에스페란티스토(Juna Esperantisto)> 잡지를 그 두 사람이 5년간 발간하게 될 것이고, 그 잡지의 글은 그 두 사람이 작성하게 됨은 쟌의 관심 밖의 일이다.

쟌은 생각하기를 좋아했다. 그녀는 지루해 있지 않다. 왜냐하면, 그녀는 똑같은 일에 생각을 정리하다 보면, 전혀 다른 정보를 가져다주기 때문이다. 호들러는 쟌이 말하는 동안, 그녀 두 눈에서의 표현을 보는 것을 즐겼다. 그녀 두 눈에서 펼쳐지는 열기는 그녀 말의 내용에 따라 변해 갔다. 그 내용이란 이러했다.

---

25) 역주: 자멘호프(L.L. Zamenhof,1859-1917). 폴란드 안과의사, 1887년 국제어 에스페란토 창안자.

-엄마가 꽃 파는 가난한 여인이라는 것.
-엄마가 피아노를 가르쳐줄 줄 알기에, 쟌에게 피아노를 억지로 배우게 하고, 엄마는 한 손으로 다리미를 들고 있음을.
-리옹에서 아주 재능 있는 학생이기에, 어느 부유한 은행 종사자가 그녀에게 장학금을 대어 준 덕분에 스위스로 올 수 있었음을.
-그녀가 나중에 알베르트 아인슈타인의 아내가 된 밀레바 마리치(Mileva Marić)와 함께 배우기 시작했음을, 하지만 쟌은 왜 자신이 중도에 학업을 포기했는지는 기억하지 않기를 더 좋아했음을.
-아버지가 딸 레게 리옹의 집 재산 절반을 증여한다면서, 대신 딸이 리옹으로 돌아와 사는 것을 조건으로 달았음을.
-그 밖엔, 아버지가 딸의 등에 사마귀 자국 외에 아무것도 남겨 두지 않음을,
-그 사마귀에 대해 -그것은 진실이었다. 호들러는 그 점을 알고 있었다. 그것은 불안전한 자리에 놓여 있었다. 코르셋 끈이 묶이는 바로 그 자리에. 정말 그는 그 코르셋에 대해 관심을 가진 적이 한두 번이 아니었다.
그녀는 자신이 <진실>이라는 작품에서 포즈를 취하는 동안 이런 말 저런 말을 했다. -호들러가 그녀를 보며 흠 없는 모델 여성을 창작하는 동안, 그 모델 여성의 보호받지 못한 몸 주위로 검게 덮인 환상들이 모여 있었다. '나는 고발한다(J' accuse) '[26]의 시대였다.

---

26) 역주: (프랑스어) 1898년 1월 13일 클레망소가 운영하던 신문 "로로르"에 프랑스

3. 1901년 모스타르(Mostar)

모스타르[27]의 1901년 1월 어느 날 아침, <헤르체고비나 자전거협회> 회원들이 새해 첫 행사에 모였다. 회장은 새해 주요 계획을 발표했다.

-첫 항목: 코니츠(Konjic)-야블라니차(Jablanica)-모스타르(Mostar) 도시 간 도로 경주를 개최한다.

-둘째 항목: 시 평의회가 모든 자전거에 세금 부과를 결정했다. 자전거 소유자는 누구나 자신의 자전거에 대해 6크론씩 지불해야 한다. 공무원과 군무원, 의사들이 이용하는 자전거는 세금을 면제한다.

그 도시에서는 이민자 두 사람이 자전거 공장을 설립

가 낳은 가장 위대한 작가 가운데 한 사람인 에밀 졸라(Emil Zola)가 "나는 고발한다"는 글을 발표해, 당시 프랑스 대통령에게 보낸 드레퓌스 사건에 대한 공개편지 제목. 프랑스 육군은 유대인 장교 드레퓌스를 스파이 협의를 뒤집어 씌웠다. 졸라의 목소리는 프랑스 바깥에서도 공개 의견에 수많은 영향을 끼쳤다. 드레퓌스는 클레망소와 장 조레를 비롯한 프랑스의 양식 있는 정치가들은 정부를 공격했다. 견딜 수 없게 된 대통령은 1899년 9월 19일 드레퓌스에게 특별사면을 내렸다. 자유를 되찾은 드레퓌스는 그리던 아내 곁으로 돌아왔다. 드레퓌스는 1904년 3월 재심을 청구했다. 1906년 7월 12일 대법원은 무죄를 선고함.

27)역주: 모스타르 (Mostar)는 보스니아-헤르체고비나에 있는 도시이자 자치제이며, 헤르체고비나 지역에서 가장 크고 가장 중요한 도시이자 헤르체고비나 네레트바 주의 주도이다. 모스타르는 네레트바 강에 자리잡고 있으며 나라에서 다섯째로 큰 도시. 모스타르는 네레트바 강 바로 위 다리를 지켰던 "다리 파수꾼들"을 뜻하는 mostari로 이름이 지어졌다. 터키가 지배할 때 그 다리가 만들어져, 모스타르의 상징들 중 하나가 되었다. 이 다리는 1993년 11월 9일 10시 15분 보스니아-헤르체고비나 전쟁 때 크로아티아 방위 평의회 부대에 의해 파괴되었다. 크로아티아 군사령관 슬로보단 프랄략 (Slobodan Praljak)은 이 다리를 파괴하라고 명령한 혐의로 구 유고슬라비아 국제형사재판소에서 재판 중이다. 2005년 현재 인구는 약 12만 명. (자료 출처:
http://ko.wikipedia.org/wiki/%EB%AA%A8%EC%8A%A4%ED%83%80%EB%A5%B4).

했다. 그들은 <영국산 자재를 수입해 직접 제작하는 바퀴 보관소>라는 간판을 내걸었다.

모스타르에는 자전거 강습소가 처음 생긴 1887년 이후 자전거 열풍이 불기 시작했다. 그때부터 <모스타르 바퀴제작(Mostar Radfahrer)> 모임이 생기고, 다양한 형태의 자전거 콩쿠르가 열렸다. 가장 흥미로운 콩쿠르가 모스타르 귀족 부인이 수여하는 <귀족부인배 콩쿠르>였다. 밀로시 코마디나(Miloš Komadina) 라는 엔지니어가 2,000m 경주에서 6분 30초로 주파했다. 귀족 부인은 그 우승자에게 도금된 은(銀)제 컵을 수여했다. 그는 이것과 함께 은(銀)제 훈장을 받았다. 그해 8월은 너무 더워, 자전거 경주를 보러 나온 수많은 관중은 저녁에는 크론프린즈(Kronprinz) 호텔에서 대형 맥주 컵으로 여러 번 목마름을 해소해야만 했다.

바퀴가 속도의 상징이 되었다.

바퀴들이 도래하기 전의 모스타르는 아주 느린 생활이었다.

'사람이 빨리 움직이면, 그만큼 생명이 단축된다.'
그런 슬로건은 오스트리아-헝가리Austria-Hungary가 모스타르를 점령한 1878년에도 효과가 있었다.

1901년 모스타르 사람들은 38종의 포도를 전시한 1896년의 부다페스트 대규모 전시회에서 모스타르시가 받은 찬사를 아직도 잊지 않고 있었다. 이 사실로도 모스타르 사람들은 자신들이 다른 곳보다 더 잘 산다는 것을 믿게 되었다. 겉으로 풍요로운 도시였던 이 도시에 실제 경제적으로 큰 도움을 준 것은, 1885년 바다로, 메트코비치(Metković)[28]로 향하는 협궤 철도가 제 기능을 발휘하기 시작한 이후였다. 다시 말해, 증기기관차가 도입되어 모스타르는 미래로 나아갈 수 있는 계기가 된다. 모스타르와 그 시가 속한 지역은 정말 400년간 터키제국 일부에 속해 있었다. 그런 시대를 마감한 것은 1878년 7월 베를린 회의[29]였다. 당시 유럽 권력은, 보스니아-헤르체고비나Bosnio-Hercegovino 지역을 오스트리아-헝가리제국 군 관할로 두는 것을 합의했다.

이 합의에 반발한 알리-아가 할레바츠(Ali-aga Haljevac)가 독립운동을 조직하여, 터키 풍속에 익숙한 이곳을 오스트리아-헝가리제국 점령군에 내어주지 않으려고 모스타르 전역에서 이틀간 피비린내 나는 싸움을 벌였다. 베를린 회의에서의 합의에 복종할 준비가 된 (회교)교전을 해석하는 승려, (터키)도지사, (회교도)재판관들이 살해당했다. 모스타르에서 오스트리아-헝가리제국 점령군에게 모든 지휘권을 넘겨준 터키군 사령관

---

28) 메트코비치(크로아티아어: Metković)는 크로아티아 두브로브니크네레트바 주에 위치한 도시.

29) *역주: 1878년 6월 13일부터 7월 13일까지 유럽 열강들이 베를린에서 개최했던 국제회의. 오스트리아의 외무장관 기울라 온드라시 백작의 요청으로 소집되어 러시아-투르크 전쟁(1877-78) 이후 채택된 '산스테파노 조약'을 대체할 베를린 조약을 성립시켰다. 오토 폰 비스마르크의 막후 영향력 아래 회의는 산스테파노 조약으로 야기된 일련의 분쟁을 해소하려고 했다. 예를 들면 영국의 이해를 도모하여 러시아의 해군력 확장을 저지하고 오스만투르크의 위상을 재정립했으며 오스트리아-헝가리 제국의 입장에서 보스니아-헤르체고비나 지역을 그 제국 영토에 편입시킴으로써 발칸반도에 대한 지배력을 강화시켰다. 결국 베를린 회의는 산스테파노 조약에서 러시아가 획득한 막대한 이익을 원상 복귀시킴으로 러시아 제국에 모멸감을 안겨주었으며, 동시에 발칸의 제민족의 희망을 도외시해 제1차 세계대전으로 귀결되는 국제적 위기의 토대를 마련함.

(출처:http://100.daum.net/encyclopedia/view.do?docid=b09b2035a)

무타사리프 파샤(총독)(Mutaserif-pashao)에겐 불명예가 씌워졌다. 그러고 알리-아가 할레바츠가 이끈 독립운동 조직이 실력행사를 해도 오스트리아-헝가리제국 주둔군은 모스타르시에 말을 탄 채 조용히 들어설 수 있었다. 그 피로 얼룩진 흔적은 이미 씻겨 있고, 주검들은 천에 싸여 회교 사원에 운구되었다.

이 도시 주변에는 4개 언어로 주둔군을 환영하는 문구가 기다리고 있었다. -모스타르 지역의 세르비아 민족은 키릴 문자로, 이 도시의 크로아티아 민족은 라틴어로, 또 터키 민족은 아랍어로, 마지막으로 적은 수효의 유대인들은 자신의 언어로.

시민들은 새 시대의 도래를 멍하니 바라보았다: 오스트리아-헝가리제국 군인들의 잘 정돈된 군수품에 그들은 매료당했음을 -흐트러짐 없는 행진뿐만 아니라- 상상해보라.

행진하는 군대 행렬 앞에 그 군대를 따라다니는 '이동 매점의 여자점원들' 30), 즉 이동 상인들이 어깨가 깊숙이 파인 블라우스와 짧은 치마를 입고 군대에 앞서 걸어가는 모습은 그 도시민들을 매료시켰다.

그 여성들은 발에 이동이 자유로운 짧은 부츠를 신고 있었다. 4세기 동안 '디미예(dimije)' 라 부르는 터키 여성 바지만 보는 것에만 익숙해 있던 모스타르 사람들의 입에서는 군침이 돌기 시작했다. 밀집된 면사포 직물을 통해 여인의 눈빛이 반짝이기 시작했음도 진실이다.

---

30)주: "이동 매점"의 점원. 군대를 따라 이동하며 군인들에게 물건을 파는 여자 상인들

모스타르 노래 운률이 '베하르(behar)' [31]에서 '세브다흐(sevdah)' [32]로 바뀌었다. 시내에서 아주 잘 생긴 에미나(Emina)[33]라는 여성은 지금까지는 모스타르 정원에서, 주전자를 한 손에 든 채, 모델처럼, 남자들의 숨소리에 대해선 전혀 무관심한 채 살아왔다.

그런데 이 주둔 군대를 따라온 여인들이 등을 바로 세운 채, 자기 가슴 윤곽이 드러난 복장으로 시내를 활보하고 있었다. 오스트리아-헝가리군대 진입을 극력반대하던 독립운동에 참여한 사람들조차도 그런 광경에 놀라움을 표시하고, 탄성을 보였다.

시내의 나이 많은 이슬람 사람들은 그런 모습에 놀라, 자신의 머리를 다른 방향으로 돌려야 했다.

새 권력은 세이탄(šejtan) [34] 자체, 즉, 악마에서 왔다고 선언했다. 어깨가 보일 정도로 입는 블라우스와 '디미예(dimije)' 가 서로 존재감을 보이기 시작했다.

오스트리아-헝가리 군대가 입성하면서 군수품 수송을 담당한 아벤드로트(Abendrot) 육군대위가 있었다. 그는 당시에는 말이 군수품의 수송 수단임을 이해했다. 그는 군수품 수송비로 선금 300만 포린트를 받고 스페인으로 출발했다. 그곳에서 그는 군에서 사용할 2,000필의 말과 노새를 구입하고, 또 스페인 사람 500명을 고용했다. 몇 명의 안내인과 40필의 말을 데리고 다니는 대상(隊商)에게는 400포린트의 급료를 주는 스페인 마부 한

---

31)주: (터키어) 내음, 봄이라는 말. 뜻은 과일나무에 만발한 꽃을 뜻함.
32)주: (터키어)사랑, 성장, 그리움을 뜻함.
33)주: 여성 이름
34)주: (터키어)악마를 뜻함.

명씩 배정했다.

그런 시절에는 속도에 대한 관심도 커갔다.

1885년 승합마차와 합승마차omnibus 칙령이 공표되었다. 그 칙령에는 승합마차를 움직이는 마부는 적어도 18세 이상이 되어야 하며, 운행허가를 취득해야 하며, 단정하고 절제심이 있어야 하며, 또 좌측통행을 해야 하며, 운행 시 금연해야 하며, 시계[35]를 착용해야 하며, 승합마차를 출발시킬 때는 그 사하트 시계를 보며, 승객들에게도 현재 시각을 알 수 있도록 해야 한다는 규정이 포함되어 있었다.

또 규정에는 마차의 운행 구간 표시도 하도록 했다: 마차 역에서 북쪽 군대 캠프까지, 남쪽 군대 캠프까지, 도살장까지, 군대 사격 연습장까지, 묘지까지.

1888년 비엔나에서 루돌프(Rudolph) 대공와 그의 아내 스파니(Stephanie)가 모스타르를 방문하자, 모스타르에는 큰 축제도 열 수 있는, 넓은 공간 두 곳-'루돌프프라츠(Rudolphplatz)'과 '스테파니알레(Stephanieallee)'[36]-이 만들어졌다.

자전거 경주가 개최된 이후, 자동차 경주도 속히 뒤따랐다.

이를테면, 파리-비엔나-사라예보-모스타르-두브로브니크[37]까지의 자동차 경주. 그 경주 참가자들은 나중에

---

35)주: '사하트sahat'

36) 주: (독일어)루돌프 왕자 광장, 스테파니 왕자비 거리.

37) 역주: 크로아티아의 옛 도시 중 하나. 크로아티아는 지중해와 연결된 아드리아해에 1,800km에 이르는 해안선을 갖고 있는 나라로 두보로브니크 구시가지, 스플릿 사적군 등 5개소가 유네스코 세계문화유산에, 내륙의 플리트비체호수 국립공원은 유

프랑스로의 귀환길은 두브로브니크에서 배편을 이용했다. 모스타르 사람들로서는 처음에는 그게 뭔지 상상이 되지 않았다. 거리마다 꽃이 장식되고, 프랑스어로 크게 씌어진 "환영" 이라는 문구가 북쪽 군대 캠프에 설치되었다. 남작 부인 롯칠드Rotschild가 탄 자동차가 1902년 9월 10일 오후 3시에 이곳에 도착했다. 다음날, 자동차마다 이 도시의 주요 인물들이 동승해, 네베시네(Nevesinje)로 출발했다.

한 해 뒤인 1903년, 모스타르 사람들에게 대단한 흥분을 일으키는 알림이 있었다. -모스타르 시가지에 곧 전기 시설이 들어와 불을 밝힌다.

스테파니 거리의 목재 전신주 위에 60개의 전구가 불을 밝힐 것이라고 했다. 그때까지 가로등을 밝혀온 것은 석유였다. 그래서 이 도시의 불을 켜는 사람은 이 램프에서 저 램프로 가서, 가로등 심지에 불을 붙여 밤을 밝혔다.

또한 전기 허가를 위한 토론이 10년간 계속되더니, 1911년에 가서야 프란츠-요셉(Franz-Joseph) 전력소가 최초로 장엄하게 기능을 발휘하기 시작했다.

자전거 경주대회에서 이름을 날린 굴뚝청소부 이반 악스(Ivan Acs)가 이제는 자동차를 이용해 돌아다니자, 지역 신문에서는 그를 '모스타르 굴뚝 청소로 번 돈으로 자동차를 구입한 이반이 지금은 대공처럼 돌아다닌다' 고 풍자했다.

모스타르 시민이 대장장이, 마차 운행자, 또는 말발굽

네스코 세계자연유산으로 각각 등록되었다.

설치자가 되려면 비엔나로 가서 시험을 치러야 함은 그리 놀라운 일은 아니다.
비엔나는 당시 모든 것의, 제일 도시였다.

4. 제네바 호수에서의 질풍노도

호들러의 아틀리에에 태풍이 일기 시작했다.

호들러는 오늘이 쟌이 이 아틀리에에 처음 들어선 지 1주년째 되는 날임을 깜빡 잊고 있었다.

호들러는 자신의 집에서 저녁을 먹고 쉬고 있었다.

하지만 쟌은 아틀리에를 청소하고, 양초에 불을 밝히고 탁자를 준비하며, 퐁드 소스를 준비하는 등 처음으로, 온전히 혼자서 이 모든 것을 준비했다.

그런데 그 남자는 간단히 모습을 보이지 않았다.

그녀는 한 시간을 기다렸다. 두 시간, 세 시간을.

그때 그녀는 'F'가 완전히 그 기념일을 잊고 어디선가 있겠구나 하고 분명히 이해했다. 그날 밤에도 돌아오지 않을지도 모른다.

잔인한 사람.

그 남자에겐 이 날짜가 아무 의미가 없는구나.

이날 밤, 그는 자신의 모습을 보이지 않는구나.

그렇게 되었다.

쟌은 화를 참지 못하고서, <제네바의 호수> 작품이 아직 아직 마무리되지 않은 채 걸려 있는 이젤로 달려갔다. 그리곤 그녀는 붓을 들었다. 그리고는 그녀는 가까이 있는, 첫 번째의 열어둔 물감 통에 붓을 적셔, 작품 <제네바의 호수>의 평온한 수면에 난폭한 물결을 그려넣어 버렸다.

굳어버린 소스에 대해 그녀는 관심을 가지 않으려고 했고, 소파에 자신을 던지고는 펑펑 울었다.

눈물이 아름다운 눈에서 흘러내렸고, 그녀 얼굴이 붉혀져 인형처럼 되고, 그녀 입술은 부어올랐다.

그 남자가 아무 추측도 못한 채 아틀리에에 다시 나타났을 때, 그가 출입문에 섰을 때부터 그녀가 비난을 퍼붓기 시작했다.

"난 이 아틀리에에서 더는 살 수 없어요. 난 갈 거라구요. 나는 가정을 이루고 싶어요. 선생님은 집에만 가 있지요. 선생님은 가정의 삶만 즐기고 있어요. 선생님은 '베를린 분리 회의'에 가시기만 하지요. 나는 기다리기만 했어요."

호들러는 깨끗해진 아틀리에를 보고, 자신이 뭔가 중요한 날을 놓쳤구나 하고 알아차렸다. 그는 쟌을 말없이 바라보았다. 화난 그녀 얼굴은 평소의 모습과는 다른 모습이었다.

그녀는 벽장으로 가, 먼지에 덮인 자신의 가방을 꺼내려고 요란하게 파헤치고 있었다. 그녀는 꺼낸 가방을 청소하며, 묶을 천 같은 것을 찾고 있었다.

호들러는 그런 종류의 연극을 좋아하지 않았다. 그는 자신의 외투를 집어 들고, 밖으로 나가 버렸다. 거리의 바람이 그에겐 어울렸다. 그는 목에 차가운 바람을 느끼며, 자유롭게 숨을 내쉬었다.

그는 자신이 그 아틀리에에서 나올 때, 솔을 들고 오지 않은 것을 알았다.

쟌.

그녀는 여전히 울먹이며, 벽장에 있는 자기 물건을 다 꺼내, 자신의 가방에 불룩하게 담고는 그 자리를 떠나버렸다.

미미에게로.

미미는 가장 이해심이 많은 여자 친구다.

미미가 그녀를 한 번 포옹해 주고는 그 남자를 비난하려 했다. 그러나 쟌은 미미에게 'F'를 나쁘게 말하는 것을 허락하지 않았다. 왜냐하면, 그녀는 그이에 대해 모르고 있기 때문이다. 그때야, 미미는 호들러와 관련된 쟌의 일이 아주 심각함을 알아차렸다.

밤이 되어 호들러가 다시 자신의 아틀리에로 돌아왔지만, 그의 목에 매달리는 이는 아무도 없었다. 벽난로 불도 꺼져 있었다. 그는 등불을 켰다.

벽장은 열린 채, 텅텅 비어있었다. 그가 준비하고 있던 작품 <제네바의 호수>가 덧칠되어, 물결이 이리저리로 일렁거리고 있었다.

1904년 그날 밤, 이 아틀리에에는 온전히 침묵 속에 있었다. 그는 풀썩 소파에 앉아, 자신의 머리 가까이에 매달려 있는 <물결>이라는 작품 속의 모델 쟌을 쳐다보았다. 그는 자신이 그녀를 여전히 기다린다는 것을 멀리서도 그녀가 알아차리도록 등불을 밤새 켜 두었다.

그러나 그날 밤, 그녀는 돌아오지 않았다.

다음 날도 마찬가지로 오지 않았다.

1905년, 대형 콘서트가 열렸던 자리의 어느 리셉션 장소에서, 쟌은 유쾌하게 웃고 있는 그에게 다가갔다.

"제가 선생님께 제 남편 소개하는 거 동의해요?"

방금 콘서트를 성공적으로 끝낸 오케스트라 지휘자 안드레오 세라니(Andreo Cerani)가 연미복 차림으로 다가와, '실례한다' 면서, 급히 들고 있던 샴페인 잔을 놓았다.
"저는 이름을 바꿨어요. 지금 제 이름은 샤를-세라니(Charles-Cerani)예요." 쟌은, 남자들이 서로 인사를 나누자, 서둘러 설명했다.
"제 이름은 호들러입니다. 저는 이름 바꾸진 않았습니다."
"제가 말했지요. 저분은 재치가 있다는 걸요."
쟌은 유쾌하게 말하고는, 자신의 팔꿈치 아래의 긴 장갑을 다시 정돈했다.
호들러는 그런 장갑을 정돈하는 그녀 동작이 좋아 보였다.
그녀는 행복하고 보호받고 있는 것 같이 보였다.

5. 1906년의 제네바

호들러는 <사랑>을 주제로 한 큰 프로젝트를 위해 4쌍의 연인을 그렸다. 그는 연필, 구아슈 수채화와 드레싱 용지를 사용했다. 아틀리에는 조용했다.

아들 헥토르가 자신의 계획으로 부푼 가슴을 한 채 서둘러 들어섰다.

"아빠, 에드몽과 제가 이번 여름에 손님들을 맞을 거예요."

"너희 둘이서? 언제?"

"8월 28일부터 9월 2일까지요. 그때는 학기가 아직 시작되지 않으니, 그럼, 저희는 잃을 게 전혀 없어요."

"너희들에게 어떤 손님이 오는데? 여자 친구들?"

"에스페란티스토들요. 저희는 30개 나라에서 오는 손님들을 기다릴 거예요. 제가 그 대회 행사를 준비할 수 있도록 아빠 허락을 받으러 왔어요. 그 행사에 많은 도움을 줄 수 있도록 아빠가 허락해 주셨으면 하고요. 손님들이 정말 많이 올 거예요. 자멘호프 선생님도 와요."

"누가 오신다고?"

"자멘호프요. 에스페란토를 창안하신 분인데, 바르샤바에 사시는 의사 선생님요."

"네 생각엔 손님이 몇 명이나 오나?"

"잘 모르겠어요. 하지만, 800명 정도요. 많으면 1,200명요."

"뭐라고?"

"세계에스페란토대회를 연다니까요. 이 행사에는 수많은 사람이 참석해요. 아빠."

헥토르가 어깨를 으쓱했다.

"나는 그 사람들이 자기 비용으로 왔으면 해요. 그리고 그 행사는 너희 둘이 준비하니?"

"저희 둘은 아니구요. 이 일을 전담하는 기관이 있어요. 'KKS' 라고. 상임 대회 위원회(Konstanta Kongresa Komitato)가 있어요. 저희는 사무국 직원으로 일할 거예요. 사무국을 지도하는 분이 두 분 계세요. 에두아르드 베르나르드(Eduard Bernard)와 프리데리히 슈네베르그(Friederich Schneeberger). 저희는 그분들을 도와드릴 뿐이에요. 저희는 사무국 직원일 뿐이에요."

"사무국 직원이 너희들이라고? 너희는 그 손님들을 어디에 모실 건가?"

"아빠는 믿지 않으시군요. 에드몽이 시에서 운영하는 극장 단장에게 가서, 그곳에서 대회를 열 수 있도록 허락을 받아 뒀어요. 왜냐하면, 에드몽의 아버지와 그 극장 대표, 그 두 분이 서로 친분이 있어요. 그리고 그 대표도 이미 동의했어요. 또 개회식은 빅토리아 홀(Victoria Hall)[38]에서 열겁니다. 지금 에드몽이 에른스트 나빌(Ernst Naville) 선생님이 주신 편지를 개막식 연설 때서 읽으려고 번역하고 있어요. 철학가이신 나빌 선생님은 그 편지 원문을 받으러 오라시면서 에드몽과 저를 당신 댁으로 초대해주셨어요. 유명 철학가가 거주하는 곳을 방문해 보는 것은 즐거움이었어요. 그분의 집무실

38) 역주: 제2차(1906년), 제17차(1925년) 세계에스페란토대회장으로 이용됨.

위에 무슨 작품이 걸려 있는지는 아빠는 믿기지 않으시겠지요?"

"그런데, 헥토르, 너는 겨우 19살인데. 네가 1,200명이나 되는 사람을 제네바에 머물 계획을 세우다니!"

헥토르는 두 눈을 아래로 하고는 태풍이 지나가기를 기다렸다.

호들러는 아래로 눈을 향한 채 서 있는 아들의 모습을 찬찬히 살펴보았다.

"아빠, 이젠 되돌릴 수는 없어요. 참석을 약속한 사람들이 여러 대륙에서 와요."

창문 아래서 에드몽이 익숙한 휘파람 소리를 냈다.

헥토르는 두 눈을 떴다.

"바깥에서 들리는 저 휘파람 소리는 너를 부르는 소리니?"

"그래요. 에드몽이 저기 있어요."

"사실은요, 용서해 주세요. 저는 아빠의 붓과, 초록색 물감을 조금 빌려 쓸려고도 해요. 제가 저 작은 병에 약간의 희석 용액을 담아 가도 될까요? 제가 아빠가 사용하는 저 큰 통에서 덜어 가도 되겠지요? 저희는 지출이 제법 많아 절약해야 해요. 저는 비용을 줄여 사용하려고요. 아빠는 많이 가지고 계시니까요. 저희 둘이서 환영 슬로간을 준비하고 있어요. 또 그걸 매달아야 합니다. 저희가 가장 어리니까요."

"네 나이 때, 나는 여성들에 관심을 가졌는걸. 그리고 너희가 개회식 연설을 위해 철학가를 방문한다니. 그럼, 좋아, 붓을 골라 봐! 그리고 희석 용액도 담아 가렴.

내 희망은, 다가올 9월에 네가 지급하지 못한 빚 때문에 아빠가 너를 경찰서에서 찾지 않기만 바라거든."

"아빠, 그건 정말 아니거든요. 그건 정말 진지한 일이에요! 물론, 1200명 중에 아가씨들이 많아요. 필시 아빠, 아빠는 운이 좋아요. 제가 아빠에게 많은 짐을 지우지 않을게요. 저는 아빠더러 대회 상징물을 그려 달라고 요청하지도 않았거든요!"

아빠 호들러의 콧수염이 약간 떨렸다. 그는 그런 악동 기질의 아들 녀석을 좋아하고 있었다.

헥토르는 바깥에 있는 에드몽을 만나러 아틀리에를 나섰다.

"아, -헥토르는 에드몽에게 불평하기를, -우리 아빠는 자멘호프라는 분의 성함을 한 번도 듣지 못한 체하더라. 그러나 아빠는 유대인 결혼식을 그리고 있었어. 그리고 내가 그렇게 그림 그리는 것을 보았을 때, 나는 클라라 질베르니크(Klara Silvernik)와 자멘호프 두 분의 결혼식이 생각났어. 심지어 나는 신랑이 결혼식에서 입는 연미복이 자멘호프 박사가 지난해 볼로냐-수르-메르(Bulonjo sur Mer)에서의 대회 개회식에 입고 오셨던 것과 같은 건지, 자세히 훑어보고 싶었는데, 내가 까먹었어. 아마 내가 올여름에는 꼭 확인해 봐야지."

에드몽은 살짝 웃음을 터뜨리고는, 그런 상상으로 만족한 듯이 흔들었다.

"네 아빠가 유대인 결혼식을 그린 적 있니? 그리고 그걸 자멘호프 결혼식이라고 너는 상상하니?"

"그래, 왜 아닌가, 그 분위기는 똑같더라. 랍비에, 면사포까지도. 그분들은 내가 태어난 해인 1887년에 결혼하셨어. 그리고 내가 정말 어릴 때, 나는 이미 아빠 곁에서 그런 결혼식 그림을 보았거든. 그 그림은 그 시대에 꼭 맞아!”
능숙하게 헥토르는 자기 생각을 변호했다.
에드몽은 웃음을 멈출 수 없었다.
헥토르의 머릿속 아빠의 아틀리에에는 자멘호프가 새신랑처럼 포즈를 취하고 있었다.

6. 50프랑 스위스 지폐

화가 호들러는 모델 쟌을 그린 뒤에도 수많은 여인을 그렸다. 그렇게 만든 미술품들이 호평을 받았으나, 쟌이 독특한 모델이었다고 그는 분명히 했다.

1907년, 쟌은 다시 그의 아틀리에로 돌아왔다.

당시 예나 대학교[39] 측에서 그에게 1813년 예나 전투[40]를 기념하는 대작을 하나 만들어 달라고 요청했다. 호들러가 그 작업에 전력을 다했다. 그는 그 전투 장면을 위해 수많은 인물과 전투에 참여한 장교, 보병과 기병, 말과 배낭, 무기들이 필요했다. 그 전투의 시작을 알리는 장교를 그리고 있었을 때, 문에서 누군가 초인종을 울렸다.

화가가 문을 열자, 남편 세라니를 동반하지 않은 채, 쟌 샤를-세라니 부인이 혼자 서 있었다. 우아하고도 살짝 웃음을 띈 채.

그녀는 소파 위로 자신의 외투를 던지고 하나뿐인 앉는 자리에 진짜 손님으로 그 자리에 앉았다.

"선생님은 지금 무엇을 그리세요?"

"예나에서의 나폴레옹을 대항해 싸운 전투를요."

"여자도 전투에 참여했나요?"

39) 역주: 프리드리히 실러 예나 대학교(Friedrich-Schiller-Universität Jena 프리드리히 실러 우니베르지테트 예나). 독일 튀링겐 주 예나에 있는 공립 대학교. 1558년 설립.

40) 역주: 나폴레옹은 1812년 러시아에서 퇴각한 후, 1813년 독일에 새로 공격을 개시했다. 그러나 그의 군대는 독일의 강력한 저항으로 베를린 점령에 실패하고 엘베 강 서쪽으로 철수해야 했다.

"그렇게 많지는 않아요."
"제 말은, 그 장면에도 여성 모델이 필요한가요?"
그는 그녀를 쳐다보았다. 쟌은 자기 특유의 방식으로 살짝 웃었다.
"쟌이라면 정말 환영이지요."
"언제가 적당한가요?"
"그사이 모델료가 좀 올랐거든."
그는 서둘러 살짝 웃었다.
"내가 이전보다 재정적으로 좀 나아졌거든."

쟌 샤를-세라니가 그 아틀리에로 돌아왔다.
이미 대단한 주문이 성사되었다: 페르디난드 호들러가 국립 스위스은행이 공모한 스위스 화폐 디자인의 도안에 참여했기 때문이다. 그의 의도대로, 그에게 기회가 주어졌다.
화가는 두 인물이 일하는 모습에 집중했다. '나무 자르는 사람과 벼 베는 농부'. 그런 모티브로 그리면서 여성 얼굴을 넣어 평형을 유지하면서, 그 화가는, 도안에 아름다운 여성 얼굴도 추가로 제안했다. 그는 자신이 잘 알고 있던, 또 그가 사랑했던 여인 얼굴을 그렸다. 그 여인 얼굴로 모델 쟌의 얼굴을 그려 넣었다. 화가는 지폐 앞면에는 그 초상화를. 뒷면에는 남성의 일하는 모습을 그렸다.
화가는 벼 베는 농부라는 주제에 꼭 맞는 포즈를 찾고 있다: 농부가 서 있는 모습, 앉은 채 일하는 모습, 또 농부가 자신의 낫을 들고 있는 모습.

또 나무 자르는 사람을 주제로 그는 세 가지 동작을 제안했다. 오른손에 낫을 들고 있는 모습, 왼손에 낫을 들고 있는 모습, 또 낫을 휘두르는 모습.

모델인 쟌의 포즈에 대해선 화가는 아직 결정하지 못하고 있었다. 짧은 머리카락에 머리 가운데를 가르마를 타서 빗질한 쟌.

쟌은 고개를 한번은 왼편으로 돌렸다. 또 이번에는 오른편으로 돌렸다. 또 턱을 중앙으로 모은 채 고개를 들었다. 이 모든 동작-장면들이 화가 자신에게서 서로 경쟁하고 있었다.

평온한 눈길의 쟌은 아주 평화롭게 화가를 쳐다보고 있었다. “제 머리를 곱슬머리로 만들어 보길 원하세요? 웨이브를 한 번 해볼까요?”

여러 가지의 여성 모습이 제안되었다.

그중에서 쟌의 웨이브 진 머리가 국립 스위스은행의 남자들에게 제일 호의적인 반응을 얻었다.

그런 쟌의 모습이 그려진 지폐는 거의 반세기동안 뭔가를 구입하거나, 뭔가 대가 지불의 거래 수단이 되어 사용되었다.

자신이 도안한 은행권이 인쇄되어 나오자, 호들러는 그 은행권에 자신이 제안한 모습 중 어떤 동작이 선택되었는지 궁금해했다.

여성 얼굴이 실린 지폐 2종이 선정되었다.

한 지폐의 뒷면에는 벼 베는 농부가, 다른 지폐의 뒷면에는 장작을 패는 사람이 인쇄되어있었다.

웨이브진 채 빗질되고, 어떤 장식도 없이 어깨가 푹

파인 모습의 모델 쟌이 50프랑짜리 스위스 지폐에서 그를 쳐다보고 있었다.

이 순간엔 처음으로 호들러는 쟌에게 줄 선물이 뭐가 되면 좋을지 고민할 필요가 없었다.

그는 그 2종의 지폐를 봉투에 넣고, 그녀를 만나러 출발했다.

쟌은 이미 수년 동안 오케스트라 지휘자인 세라니의 아내다. 그녀는 이제 쟌 샤를-세라니라는 이름에 익숙해졌다. 남편은 오케스트라 연주에 열중하고, 아내인 쟌은 사보이호텔에서 휴가를 즐기고 있었다.

그 호텔 커피점에서 화가는 모델이 되어 준 그녀에게 자신이 가져온 작은 꾸러미를 내밀었다.

화가는 도안으로 제안된 지폐가 벌써 인쇄되어 사용된다는 점을 말해 주지 않고, 잠자코 앉아 있었다.

“선생님은 제게 명작을 만들어 주셨어요!”

쟌은 지폐에 실린 자신의 모습을 보고는 아주 만족스러워했다.

“이제, 쟌, 당신은 스위스 역사에 나오는 인물이 되었어요!”

“에이, 선생님, 저를 소액 지폐에 두지 않고, 여기 50프랑에 저를 넣어 두었네요! 제 남편도 궁금해하겠어요! 그이가 보면, 제가 얼마나 선생님께 귀중한 사람이었는지를 몰랐다는 점을 더 알리게 되었네요!”

“내가, 쟌, 당신에게 해주고 싶은 말은, 은행권 지폐에는 여성 초상화 2종과, 일하는 사람 모습 2종이 선정되었다는 거요.”

"그럼, 다른 한 여성은 누구예요?"
호들러는 웃고만 있었다.
"쟌, 당신이 더 자주 보일 거요. 왜냐하면, 50프랑의 지폐에 당신이 있으니. 또 100프랑의 지폐에 들어 있는 인물은 귀한 돈이라 매일 사용하기엔 좀 그렇지요.'
"그런데 큰 화폐에 나오는 인물은 누구냐고요?"
"그건 직접 알아보세요."
호들러는 비밀을 간직하고 싶었다.
그리고 샴페인을 주문했다. 그들은 축배를 들었다. 쟌은 화폐 속 모습보다 더 아름다웠다. 그녀는 자신의 받은 지폐들을 보고서, 100프랑의 큰 지폐에도 자신이 있다는 사실은 곧 잊었다.
나중에 그 두 사람은 산책했다.
마른 정원에는 노란 민들레가 반짝이고 있었다. 바람에 그녀 모자가 거의 날아가게 할 뻔했다. 그녀는 커피색 장갑을 낀 두 손으로 그 모자를 눌러야 했다. 그들은 다시 호텔로 돌아왔다. 그녀는 오랫동안 욕실에서 쉬고 있었다. 그동안 그는 들고 다니던 물감 상자를 꺼내 급히 민들레가 있는 정원을 그렸다. 그들이 방금 산책했던 정원. 〈본느빌레Bonneville에서의 풍경〉이라는 작품이었다.
작별인사를 하고 그가 자리에서 일어서자, 그 작품에 칠한 색깔들이 아직 완전히 마르지 않았다. 쟌은 민들레가 피어 있는 그 미술품을 가지고 싶다고 했다. 그녀가 자신의 모자를 어떻게 잡았는지는 그 안에 보이지 않았다.

비평가들은 왜 그의 풍경화 그림들에는 인물이 부족한지를 또, 사람보다 자연을 더 좋아한 이유에 대해 많이 토론했다.

쟌은 집으로 돌아왔다. 그리고 그녀는 탁자 위에 지폐를 놓고, 남편이 돌아오기를 기다렸다.

7. 헥토르의 잡지

프랑스인 폴 베르텔롯(Paul Berthelot)은 헥토르와 에드몽과 비슷한 나이에 에스페란토 잡지[41]를 창간했다. 잡지 발행이란 직접 글을 쓰고, 편집하고, 우송 포장하고, 주소를 적고, 그 잡지를 우체국으로 직접 들고가는 일련의 과정임을 곧 이해했다. 또 그 정기간행물이 우체국에서 송료 할인을 받으려면 "인쇄물" 이라는 낱말을 봉투 겉봉에 써 두는 것도 잊지 말아야 한다. 그 일을 2년간 해 보니, 그는 힘들다는 것을 느끼기 시작했다. 우송료가 달을 거듭할수록 더욱 늘어갔다. 그는 이젠 계속 발행해 나갈 수 없음을 알렸다.

"포기한다고?" -헥토르와 소쉬르[42](René de Saussure)가 놀랐다. - "그러면 안 되는데!"

"그 잡지 내게 넘기는 것은 어때?"

"그럼, 얼마에 가져갈 건데?"

헥토르는 실무적이었다.

그러나 자본은 부족했다.

그러나 아버지 호들러는 에스페란토에 미쳐 있지 않았다.

그러나 아버지에게 도움을 요청하는 것은 시도해 볼 가치는 있었다.

"아빠, 제가 일할 직업을 찾은 것 같아요. 잡지 발행 분야가 제게 맞는 것 같아요."

---

41) 역주: 1906년 창간된 에스페란토 보급 잡지 <Esperanto>.

42) 역주: (1868-1943)스위스 제네바 출신의 에스페란티스토, 수학자. 언어학자 소쉬르(Ferdinand de Saussure:1857-1913)의 동생.

아버지는 자신이 작업하던 작품에서 고개를 돌렸다. 아들 헥토르는 자신이 하는 에스페란토 일에 대해 이미 수없이 말해 왔다. '그럼, 이젠 아들이 진지해졌는가?'
"이미 2년 전부터 발행해 온 평론 잡지가 있어요. 독자도 충분히 있는 국제적인 평론 잡지를 운영해 볼 기회가 생겼어요. 제가 잡지를 창간하는 것은 아니구요. 문제는 자금입니다. 이해하시겠지요?"
"그럼, 얼마의 자금이 필요해?"
손에 붓을 든 아버지가 궁금해했다.
"그 잡지가 세계적으로 독자를 확보하고 있다는 사실을 고려한다면..."
그 '세계적으로' 라는 낱말은 아버지의 두 눈을 뜨게 만들었다. 그러나 아버지 얼굴이 흐려졌다. 헥토르가 고등학교 졸업 시험이 끝난 뒤에도, 세계어 사상에 대해 여전히 포기하지 않고 있음을 이젠 아버지도 분명하게 알게 되었다.
"또 그 평론 잡지를 네가 배우는 그 언어로 발행할 계획이라고?"
"에스페란토로요. 정말이구요. 아빠. 제가 말하고자 하는 것은, 에스페란토는 인류 사상에서 가장 놀라운 성과물 중 하나라 구요. 제 동료인 폴 베르텔롯이 그 언어로 된 정기간행물을 팔려고 해요."
아버지는 자신이 작업하던 그림으로 돌아와, 붓을 다시 집어 들었다. 그는 아무 대답을 하지 않았다. 헥토르는 아틀리에에 선 채 아버지의 대답을 기다리고 있었다.
"제가 2년 뒤엔 아빠에게 빌린 돈을 돌려드릴 계획도

서 있어요."
"그 이야기 한번 들어 보자구나!"
아빠는 아들이 그 잡지의 발행 계획을 어떻게 세워 두었는지 알아보기 위해 궁금해했다.
조금 환상적으로 소리가 들려왔다.
"그래 알았어. 네가 필요한 돈이 얼마인지 말을 해봐."
헥토르는 생각해 둔 숫자를 주저하며 말했다.
"제가 말씀드린 조건대로 성사가 되면, 아빠가 지원해 주실 대금 절반은 다음 달이면 받을 수 있다고 말하고 싶어요."
"정말? 내가 얼마나 고마워해야 할지 모르겠구나."
엄마 아우구스티네가 그 대금의 4분의 1을 보태주었다. 당시 외삼촌이 남긴 상속액 중 엄마가 받게 된 몫을 바로 그 시점에 엄마가 받아 두고 있었다.
폴은 서둘렀다: 그는 브라질로 여행할 경비도 필요했다. 그는 브라질로 꼭 갈 계획이었다.
1907년 그 거래가 성사되었다.
헥토르 호들러는 제네바에서 창간자 폴 베르텔롯으로부터 잡지 <에스페란토 Esperanto>를 인수해, 그 소유권을 가졌다. 그는 13년간 편집자로 일했다.
1907년 2월 12일, 헥토르는 정기간행물 인수에 대한 축하 행사를 열었다. 아버지는 아들과 함께, 또 에드몽도 그 행사에 축하하러 와 주었다. 아버지가 모르는 손님들도 있었다.
엄마는 그날 저녁 열이 좀 있었다, 더구나 엄마는 그

런 행사에 참석하는 것을 좋아하지 않았다. 하지만 엄마는 그 자리엔 참석하진 못해도, 그 행사에 참석할 배고픈 젊은 손님들을 위해 견과류, 무화과 열매와 마른 포도로 반죽한 과자를 구워 큰 통에 준비해 미리 가져다 놓았다.

에드몽과 헥토르는 큰 소리로 그 잡지를 어떻게 이용할지 그 방법을 설명해 나갔다.

실제적 일에 주목하기, 또 에스페란토를 통해 여러 나라 사람들이 조화로운 협력으로 주요 아이디어를 보내오면, 이를 반영해 운영해 갈 것을 기대했다.

그 자리에서 그들은 에스페란토문화원과 사무국에 대해, 또 다양한 목적으로 에스페란티스토와 일반인들을 지원할 것에 대해 진지한 토론을 이어갔다.

아버지 호들러는 뭔가 자신의 관심과는 동떨어진 기분이었다. 참석자들은 1907년 에스페란토 운동의 통일성을 해칠 수도 있었을 이도(Ido)-논쟁에 대해 뭔가 토론을 벌이기도 하였다.

화가는 그런 주제에 흥미를 크게 보이지 않았다. 그에게 더 감흥을 주는 것은 다가오는 여름, 영국 캠브리지에서 열리는 세계에스페란토대회에 참석할 아가씨들이 관심을 가지는 여행일정을 의논하는 자리였다.

아버지 호들러는 시아버지가 되는 관점으로 그 아가씨들을 유심히 보지는 않았다.

그는 에드몽 뿌리바(Edmond Privat)의 여자친구가 누구인지는 그 그룹에서 단번에 알 수 있었다. 그 아가씨 눈길은, 에드몽의 정반대에 자리해, 따뜻하게 여러 번

뿌리바로 향하는 길에서 호들러를 건드렸다. 화가는 그녀의 두 손을 쳐다보았다.
그러나 아들 헥토르의 마음에 맞는 여자친구 에밀리에 대해선 아버지도 여러 번 들은 것 같은데, 그 행사장에서는 보이지 않은 것 같다. -아버지는 경험자로서 그 점을 확인할 수 있다.
호들러는 자기 아들이 세계에 널리 알리려는 잡지에 관심을 가졌다. 가장 많은 기사가 'AR'이라는 서명이 있다. 그것은 아들 헥토르 서명이다. 그럼 왜 'AR'이라고 했는가?
아버지 호들러는 그 행사장에서 그리 많이 흥미를 갖지는 못했다. 그가 작별인사를 하려고 했을 때, 아들 목소리만 계속해 들려왔다.
"우리에겐 고유의 조직체가 있어야 합니다. 우리 언어의 통일성을 유지하는데도 도움이 되고, 모든 개인적 변덕이나, 야심이나 욕심으로부터 우리를 지킬 수 있는, 가능한 가장 방대한 조직을 말합니다."
"우리 일을 제대로 평가하려면, 우리는 여타 세계와 소통하지 않으면 안 됩니다. 우리는 우리 언어의 발전에 도움이 되는 조건들은 물론이고, 방해 요소가 될지도 모르는 외부 조건들에 대해서도 주목해야 합니다. 우리는 그것을 다른 운동과 비교할 줄 알아야 합니다."
"에스페란토는 이 언어에 참여해 온 모든 사람이라면 뭔가 노동을, 뭔가 개인적 노력을 요구합니다. 그게 새로운 어려움입니다. 사람들은 기꺼이 새 의견이나 새

믿음에 합류하지만, 그 자신들은 그게 자신에게서 노동을 강요하지 않기를 바라고 있어요."

아버지는 뭔가 자신을 자유롭게 하려고 접시에서 케이크 하나를 집어 들었다. 혀에 케이크가 놓이자, 옛 추억이 떠올랐다. 그것은 그가 셔츠를 주문하러 어느 의상실 출입문의 초인종을 누른 날, 아우구스티네가 그에게 내놓은 케이크와 같은 종류의 것임을 알게 되었다.

'그게 1884년 일이었던가?'

"더구나, 모든 새 운동에는 그 운동이 어떤 목적을 갖든, 이런저런 사람들이 합류합니다. 진보적이고 이상주의적 요소들, 유토피아적 멘탈을 가진 사람들, 또 이상한 사람들, 매니아층이 한편에 있구요, 또 다른 편에는 불만을 가진 사람들, 비전을 가진 사람들, 또는 단순히 아마추어인 사람들이 합류합니다만, -이 사람들은 한편으로 긍정적 활동을 방해하기도 합니다. 왜냐하면, 그들은 온전히 실현 가능성이 없는 계획에 온 힘을 쏟기 때문입니다. 또는 그들은 자신이 소속된 분야에, 자신의 온전히 개인 목적을 위해, 이 운동을 활용합니다. 우리 운동은 그 점을 알아야 합니다. 조금씩 조금씩 우리 운동은 그런 무가치한 것들에서 자유로울 필요가 있습니다."

'저 아이에게 그런 능력이 있음은 의심할 필요가 없겠군.'

호들러는 자기 생각에 잠겨 있었다. '아들의 생각은 세계적 지평이 필요로 하는구나. 저 아이가 그 목표에 도달하려고 하는 방법은 좀, 그래, 남다르긴 하네.'

아버지 호들러는 하품하고 싶은 강한 충동을 느꼈다.
에드몽이 그에게 다가왔다.
"호들러 선생님, 저희 일은 아버님께 흥미가 좀 없지요? 하지만 저희는 저희 잡지를 위해 아버님의 후원에 늘 고마워할 겁니다."
호들러는 하품에 자신이 갇혀 있음을 느끼고는, 에드몽의 손을 다정하게 잡았다.
그는 자신의 외투를 찾아, 집어 들고는 아들인 헥토르에게 손을 흔들었다.
아들은 1914년까지 그 잡지를 편집했다.
전쟁이 발발해, 그 잡지는 발행이 일시 중단되었지만, 헥토르는 자기 일을 멈추지는 않았다. 그는 전시에 중립국 스위스가 전쟁의 양 전선에 있는 부상자들에게 도움을 주는데 이상적인 장소일 수 있겠다고 판단했다. 한스 야콥(Hans Jakob)이 비서로 그의 일을 도왔다. 하지만, 얼마나 많은 편지, 얼마나 많은 소포가 제1차 세계대전 동안 오갔는지는 알려지지 않고 있다.
아버지 호들러도 정치적으로 의견을 표명했다. 그는 독일군이 랭스(Reims)대성당[43]을 포격하자, 반대 서명이 있었는데, 그도 이 서명에 동참했다. 그러자 그의 반대편으로부터 반응이 있었다: 그가 회원으로 가입해 있던

43)역주: 랭스 대성당 또는 노트르담 드 랭스 주교좌 성당(프랑스어: Cathédrale Notre-Dame de Reims). 프랑스 랭스에 있는 로마 가톨릭교회의 주교좌 성당. 역대 프랑스 군주들이 대관식을 치른 장소. 1914년 9월 독일군 포격으로 프랑스 고딕 양식의 최고 걸작인 이 성당은 큰 피해를 입었다. 중세 건물의 커다란 스테인드글라스는 산산조각 났고, 익랑에 있던 13세기의 단색 스테인드글라스만 남았다. 성당 벽이 일부 불타고, 조각상도 부서졌음.

모든 독일 예술가단체에서 즉각 그를 제명했다.
어느 날, 그는 예나 대학교에 설치된 호들러 미술품들을 천으로 가린 일에 대해 아들 헥토르와 활발히 토론을 벌인 적이 있다. 독일 사람들은 정말로 증오하는 적의 편에 선 호들러의 작품을 숨기려고 천으로 그의 작품을 가렸을까?
헥토르가 6살 때, 아버지는 선의의 여성들에 둘러싸인 채 있는 아들 헥토르를 스케치했다. 그 작품 이름은 〈선택된 자〉이다. 작품 속에 소년은 울타리로 보호받는 꽃밭에 웅크리고 앉아 있다. 그 작품은 전설이 되었다.
선의의 여성들은 수십 년간 효과적이었다.
1912년이 되었을 때 그 선의의 효능이 사라졌다.
결핵의 기침이 위협하기 시작했다.

8. 발렌티네(Valentine)[44]

어느 날, 호들러는 열차 안 복도를 걷다가 좌석에 앉아 있던 어느 여성의 목덜미에 눈길이 갔다. 그 좌석의 젊은 여인은 더 나이 많아 보이는 여성과 대화를 나누고 있었다. 호들러는 그 좌석 옆 좌석에 자리 잡았다. 그리고 그가 자리한 곳이 관심이 가는 그 여성 좌석과는 벽을 사이에 둔 곳이라, 자신이 그 여성의 아름다운 목선을 자세히 볼 수 없었다.

그는 그 여성의 목에 대한 생각에서 벗어날 수 없었다. 그는 자리에서 일어나, 그 객실 복도로 나서서, 마치 우연인 것처럼 그 여성 좌석에 눈길을 보냈다. 두 여인이 창문 하나를 두고 뭔가를 의논하며 끙끙대고 있었다. 뭔가 잘못되었나 보다. 회전 손잡이를 이용해 문을 내려야만 하는 그런 창문이었다. 그 창문의 아랫 편 창틀에는 경고 문구가 있었다. <Nicht hinauslehnen. Ne pas se pencher audehors. E pericoloso sporgersi>.[45] 호들러가 흑기사로 나타나, 자신이 도와주겠다고 제안했다. 밝은 두 눈과 온화한 얼굴의 그 여인이 그에게 살짝 웃음으로 감사를 표했다. 그는 다시 자기 좌석으로

44) 역주: <죽어가는 환자>(페르디난드 호들러 작품)의 모델. 화가 페르디난드 호들러가 그의 연인 발렌티네 고데-다렐(Valentine Godé-Darel)의 건강한 모습, 병중의 모습, 병 이후의 모습을 그렸다. 그 모델인 발렌티네는 자신의 딸 파울리네(Pauline)를 출산 후 3개월 만인 1914년 1월에 암수술을 받고, 1년 뒤 사망했다. 화가는 1912년부터 1915년 사이에, 그녀를 여러 번 그렸다. 그는 그녀의 궁극적 종말을 기록으로 남겼다. 화가는 죽음 과정을 지켜보아야만 하면서도 그 죽음의 과정을 일련의 미술작품으로 승화시킴.

45) 주: (독일어, 프랑스어, 이탈리아어) 바깥쪽으로 기대면 위험합니다.

돌아왔고, 이미 목표를 알아차렸다. 그 목덜미의 주인공은 그가 반드시 다시 만나야 하는, 그런 얼굴형의 여인이었다. 그 여인 얼굴이 줄곧 그의 눈길에서 떠나지 않았다.

그 두 여인이 역사를 나서면서 하는 말을 그가 분명히 들었다.

"발렌티네, 잘 잡아!"

두 여인 중 더 나이 많은 쪽이 발렌티네에게 작은 가방을 내밀었다.

"그래, 발렌티네구나!"

헥토르는 만족하여 그녀 이름을 결국 알아냈다. 그가 그녀를 꼭 다시 만나야 하니까.

사람들이 목적이 있을 때는 무슨 일이든 어렵지 않다.

조금 부끄럽게도, 그는 다음 날에도 그 역사로 가 보았다. 그런데 그때, 그는 자신이 젊을 때 자주 느낀 그런 흥분감을 다시 느꼈다.

지금 다시. 바로 지금. 그의 나이 47살에.

그녀가 그 기차 안에 있을 것이라는 기대 속에 그 기차를 기다렸던 플랫폼에서.

그녀가 그 객차에서 내린 그 플랫폼에서 그는 3일간 기다렸다. 그리고 그는 성공했다. '내가 그녀에게 당신을 만나려고 역사에서 아침에 출발하는 기차들을 점검하며, 3일이나 기다렸다고 고백할까? 아니면 '우연히 만났다고 할까?'

그녀가 그를, 그날 그 창문이 열리지 않아 고민하고 있었을 때, 그 문제를 해결해준 친절한 그 신사를 만나게 되면, 그는 자신을 어떻게 소개해야 할지 아직 결정하지 못한 채 있었다.

그는 자신의 이름을 밝혔다.

페르디난드 호들러는 그녀에게는 아무 의미가 없었다. 그녀는 미술 세계와 관련 있는 사람이 아니다. 하지만, 그녀는 앞으로 관련이 있을 것이다.

지금 그녀 앞에, 창문을 여닫는 도움을 준 그 친절한 신사가 서 있다.

발렌티네 고데-다렐(Valentine Godé-Darel)이 그 여성의 이름이다. 발렌티네, 이제 그의 가장 큰 사랑이다. 발렌티네는 곧 그를 감동에 빠뜨린 연인이 된다.

그녀는 살짝 웃으며 그를 쳐다보았다.

발렌티네는 프랑스 여성이었다. 그녀의 나중 이름인 고데-다렐은 그녀의 전남편 이름이구나. 그렇게 호들러는 이해했다.

다음 날, 그가 이번엔 우연이 아닌 상태로 그녀를 다시 보자, 그녀는 그에게 <스위스 화가-조각가-건축가협회> 행사에 동반자로 참석할 수 있다면, 영광이겠다고 말했다.

내로라하는 인물들이 그 행사장 살롱에 있었다.

그날 회의에서 발렌티네를 위해 창문을 닫아준 신사인 호들러 씨가 그 단체 회장으로 선출되자, 발렌티네는 깜짝 놀랐다. 그녀는 그를 아주 흥미로운 인물로 보았다. 그러나 필시 그는 스위스 화가-조각가-건축가협회 회원들에게도 흥미로운 인물이 될 것이다.

호들러는 자신을 매료시킨 발렌티네에 대한 열정이 식

지 않았다. 그 뒤, 발렌티네가 이제 호들러의 삶과 예술의 중심이 되었다. 그는 그녀를 스케치하고, 발렌티네 초상화는 그 두 사람의 사랑에 대한 증거자료가 되었다.

아버지가 아들인 헥토르에게 다음과 같은 말을 하게 된 때는 1913년이었다.

"내가 다시 아버지가 될 거라는 것을 너에겐 알려야겠구나."

"축하해요, 아빠."

헥토르는 좀 놀라면서도 짐짓 안 그런 척했다.

아버지가 아들에게 새 여동생이 태어날 것이라고 알려줄 때, 헥토르 나이는 26살이었다. 헥토르는 자기 여자친구 에밀리Emilie를 아버지에게 아직 소개하지 않았다.

지난해 헥토르가 크라쿠프에서 돌아왔을 때, 아버지는 처음으로 아들에게서 마른기침 소리를 들었다. 아버지는 그 소리에 창백해지고 패닉 상태가 되었다.

페르디난드 호들러는 자기 부모와 형제자매들이 하던 기침 소리를 잘 알고 있었다. 호들러는 그런 기침이 무엇을 의미하는지 잘 알고 있었다.

헥토르는 손을 내저었다. 그것은 아무것도 아니고 그저 감기일 뿐이라고.

헥토르는 1908년 제네바에 국제어를 말하는 사람들의 국제단체를 창립했다. 그는 그 단체를 세계에스페란토협회(Universala Esperanto-Asocio)라고 이름지었다.

크라쿠프에서 열린 세계에스페란토대회의 대회장 무대에 서 있는 헥토르를 유심히 지켜본 사람이 있었다. 젊은 여교사 안토니야 요지치치(Antonija Jozičić). 그녀가 보기엔, 그는 준수했다. 그녀 자신은 오스트리아-헝가리와는 다른 지역인 크로아티아에서 용기를 내어 에스페란토가 무엇인지 알려고 여기 크라코프까지 왔다는 사실에 스스로 행복해했다. 그것은 용기 있는 발걸음이었다. 여교사 월급의 2배에 해당하는 돈을 투자해 그녀는 이 여행기회를 잡았다. 자신이 사는 지역의 여성 재단사에게 주문해, 새로 옷도 한 벌 맞춰 입었다. 그뿐 아니라, 모자 테두리에 꽃장식을 한 모자도 한 점 사러 자그레브까지 다녀오기도 했다. 세계 행사 참가를 방해하는 것들, 예를 들면, 여성 교직자 단체에 관심 두기. 방학 중 10일간 코스타이니짜(Kostajnica)를 떠나는 것을 학교 교장으로부터 허락을 얻는 것 등이었다. 여성 재단사는 주문받은 옷의 가슴 위쪽 주름 장식들을 부착하는 실을 이제 서둘러 빼내면서 그 옷 재봉을 마무리했다. 안토니야는 장시간의 여행 때 먹으려고 병아리 한 마리를 구웠다. 구운 치킨을 잘게 조각내어 뜨거운 기름 속에 집어넣었다. 아주 조금은 걱정이 되었다. 그녀 자신이 이 행사를 잘 살펴보고 올 수 있을지? '크라코프가 그만큼 먼데, 그곳으로 가려면 기차도 여러 번 갈아 타야 하는데, 자신이 해 낼 수 있을까?'

그녀는 결국 해냈다. 그렇게 기름에 튀긴 치킨의 마지막 몇 조각은 도시락 안에 아직 건드리지 않은 채 있다. 비엔나에서 채운 물병의 물은 그녀가 다른 기차에 환승한 뒤에도 아직 조금 남아 있었다. 그러고 점잖은 객실 차장이 그 여교사이자 아가씨에게 반 시간 뒤에

크라쿠프 역에 도착할 것이라고 알려주었다.

세계대회장 접수처에 일하는 낯선 아가씨가 안토니야를 호텔 안내를 하려고 말을 건넨 직후, 안토니야는 놀라움을 감추지 못했다: 크라코프에서 그녀는 쟁쟁한 인물들이 만들어놓은 행사장 분위기에 더욱 고무되었다. 오도 부이드(Odo Bujwid)씨가 이 대회를 총지휘하고 있었다. 레온 로센스톡(Leon Rosenstock)은 사무국을 지휘하고 있었다. 그때 만난 사람 중에서 그녀가 가장 감동한 이는 스위스 청년 호들러였다. 오후에, 문학콩쿠르 Literatura Konkurso 프로그램 시상식이 진행되고 있던 때, 그녀는 호들러가 앉은 좌석의 뒤편에 앉았다. 그리고 그녀는 행사를 참관할 뿐만 아니라 그도 관찰해보기로 했다. 참석자들은 야외의 대회장 정원에 앉았다. 벤치들이 짙은 그늘을 만들어 준 큰 나무 아래 질서정연하게 놓여 있었다. 그녀는 대회 참석자들이 그 콩쿠르 발표장에 어떻게 다가오는지 보려고 사방을 둘러보았다. 그러나 그녀 앞에 있는 남자에게 그녀는 뭔가 자석처럼 끌렸다. 안토니야는 억지로 자신의 눈길을 무대에서 있는 사람들에게 두려고 애썼다. 그곳에는 시인 안토니 그라보브스키(Antoni Grabowski)[46]가 시 낭송을 하고 있었다.

호들러 청년의 옆 모습을 보니 너무 창백해 보였다. 마치 그가 병에 걸린 것처럼.

공학기사 그라보브스키에게 박수를 보내는 모습을 그

46) 역주: (1857-1921)폴란드 화학자이자 엔지니어. 초기 에스페란토운동가. “여명”이라는 시로 유명함. 시인이자 번역가.

녀는 보았다. 그라보브스키에 대해서는 같은 방을 사용하는 동료 폴란드 여성이 말하길, 그라보브스키는 볼라퓌크(Volapük)[47]도 말할 줄 안다고, 또 그 공학기사가 볼라퓌크 창안자인 슐라이어(Schleyer)신부를 찾아갔더라는 이야기도 알려 주었다. 또 그 신부조차도 자신의 어려운 언어를 완전히는 활용하지 못하더라고 분명히 알게 되었다고 했다.

안토니아 양은 자멘호프가 연설하면서, 자신을 이제 더는 지도자로 여기지 말아 달라고 말할 때는 감동의 눈물을 흘렸다. '어떻게 저분은 그 점을 저리 말할 수 있었을까?'

안토니아 양은 다음 해인 1913년 세계에스페란토대회를 이탈리아 제노바에서 개최하기로 했다는 선정 소식도 대회 강당에서 들었다. 1913년에 무슨 일이 벌어질지 누가 알았겠는가. 그녀는 만일 그 대회에도 참석...... 할 수 있다면, 아주 좋을 것이다. 그러나 그녀는 그게 어려울 거라고 여겼다.

호들러 씨가 에스페란토계는 사소한 일에는 관심을 두지 말아야 한다고 말했을 때, 그녀는 가능한 한 많이 그를 응원하고 싶었다. 그러나 저 먼 그곳 코스타이니차에서 어떻게 응원할 수 있겠는가. 그이는 정말 스위스에 살고 있는데, 그곳에서라면 쉽다.

헥토르 호들러가 자신의 누이동생 파울리네(Pauline)가 태어난 것을 알았을 때, 그는 자신의 일에 파묻혀 있었다. 1913년 8월 갑자기 스위스 사람들은 제노바에 뭔가

47)역주: 1879년 슐라이어(Johann Martin Schleyer) 신부가 창안한 국제어

“어려움이 있구나” 하고, 또 이미 개최를 약속한 세계에스페란토 대회장소인 제노바에선 개최될 수 없음도 알게 되었다. 그래서 예상하지 못한 채, 스위스 베른이 개최도시로 바뀌게 되었다. 스위스가 제노바가 대회개최권을 포기하자 도움을 주러 뛰어든 것이다.

에드몽과 헥토르가 자신들의 동료 르네 드 소쉬르를 이 일에 개입시켰다. 바로 르네 드 소쉬르가 아주 어려운 임무 -자멘호프가 크라코프에서 한 해 일찍, 자신을 ‘에스페란티스토 중 한 사람’으로 남지만, 더는 ‘세계대회 참석자로 있지 않을 것’이라고 한 뒤, 대회 참가자들을 위한 연설을 담당하는 임무-를 넘겨받았다.

헥토르는 에스페란토의 활용에 특별히 관심을 두었으며, 모든 관련 단체(협회)들을 위한 집의 역할을 할 조직을 구상해 보려고 노력했다. 그러나 베른에서의 대회는 평화와 국수주의에 대해 더 많은 관심을 가졌다. 민족 간의 증오에 힘을 보태는 모든 개개인을 에스페란토 조직들에서 제외할 것인가?

그가 베른에서 열린 세계대회에서 제기된 문제점들을 해결하려고 많은 시간을 투자하고 있는 동안, 그의 여동생이 새로 태어났다.

격론이 벌어진 모임을 마친 뒤, 그는 자신의 에너지를 다 쏟아부은 주제들에 대해선 한 마디조차도 꺼내지 않아도 되는, 전혀 다른 타입의 가정 분위기로 돌아가곤 했다.

그는 그 갓난아이의 손을 잡을 용기가 생기지 않았다. 크라코프에서의 마지막으로 들었던 그 기침소리가 그 뒤에도 완전히는 물러서지 않았기 때문이다.

발렌티네는 아이 출산 직후 아주 몸이 쇠약해졌다. 그녀는 그럼에도 행복하게 그 아이에게 웃음을 짓고 있었다. 그 약한 웃음에도 걱정이 담겨 있었다.

아버지 호들러는 다시 자신이 한 아이의 아버지가 되었어도 혼돈을 느끼진 않았다.

아기 포대기에 대해선 그리 흥미가 없었으나, 그 아이의 작은 손을 아주 좋아했다. 헥토르도 비슷한 손을 가지고 있었지만, 그는 이제 그 사실을 기억하지 못했다. 어린 파울리네를 대하는 표정은 말로 표현할 수 없을 정도였다.

어느 날 커피점에서 페르디난드는 커피를 마시면서 잔에게 자신이 곧 아이 아버지가 될 것이라고 말했다. 그곳에서는 그녀가 붓을 하나 골라 호수의 물을 난폭하게 그릴 수는 없었다.

"아이라고요?"

그녀는 자신의 귀를 믿지 않았다.

"선생님은 곧 예순의 나이인데요!"

"아이를 낳고. 곧 예순이 될거요!"

그는 평온하게 되풀이했다.

하지만 잔은 화가 치밀어 폭발할 지경이었다. 그러나 <감정>이라는 작품을 위해선 그녀가 1907년 이미 포즈를 취한 적이 있었다. <사랑>이라는 작품에서 그에게 포즈를 취한 여인이, 그의 삶의 사랑이 누구인지 그녀는 지금 이해했다. 그 여인은 잔이 그렇게 진지하게 생각하지 않았던 발렌티네다. 잔은 땅속으로 사라지고 싶었으나 그 바다은 쟌에게 열어 주지 않았다. 떠나기엔 그녀는 힘이 없었다. 그렇게 불행은 내비쳤다. 그러나 아무도 그 불행을 그려보려고 하지 않았다.

정작 더 큰 불행은 다음 해에 그녀를 찾아 왔다.

세계대전이 시작되었다.

세계가 뒤집혔다. 그녀 남편 안드레오에게 확인된 폐결핵이 아주 심각한 상황에 접어들었다. 그녀는 남편을 집에서 간호했으나, 의사는 어서 병원 입원시키라고 강권했다.

그녀가 남편이 입을 깨끗한 옷 한 벌을 들고 병원에 도착한 날 아침, 의사는 걱정스런 표정으로 그녀가 오기만을 기다리고 있었다.

"여사님, 세라니 부인, 마음을 단단히 가지셔야 합니다. 부군께서 간밤에 수면 중에 운명하셨습니다. 저의 애도를 받아 주십시오."

그녀에겐 그 말은 공허했다.

죽음, 그것은 공허한 낱말일 뿐이다. 공허감. 온 세상이 대포를 쏴대고 있으나, 그녀와는 아무 관련이 없었다. 지금 그녀의 집에 사람이 죽은 것이다. 안드레오가 사망했다.

뭐든 돕기를 잘 하는 미미가 쟌의 남편 장례식에 쓸 돈을 구하러 다녔다. 미미는 안드레오가 자신의 마지막 콘서트 순회공연을 위해 새로 구입한 그 옷을 수의로 해서 장례식을 하자고 제안했다.

안드레오는 그만큼 음악에만 재능을 가졌기에, 그의

온전한 삶은 음악 외에는 아무것도 없었다. 잔은 그를 마지막으로 본 것이 피아노를 치던 때라고 말했다. 그녀는 남편에게 저녁 식사가 식탁에 이미 준비되어 있다고 좀 신경질적으로 되풀이해 말했다. 그는 피아노에서 좀처럼 일어나려고 하지 않았다. 이 일이 있고 난 지금 갑자기 그녀가 생각해 보니, 그것이 남편의 마지막 연주였구나 하고 이해했다. 안드레오의 음악은 계속 생명을 유지할 것이지만, 안드레오는 이제 더는 자신의 음악을 들을 수 없을 것이다. 그녀는 다시 울먹였다. 새삼 안드레오가 자신의 귀로 자신의 음악을 이젠 들을 수 없구나 하고 느꼈기 때문이다.

수많은 조문편지가 도착했다. 장미가 그려진 좁은 화병에 담긴 꽃다발도 보내왔다. 아래에는, 오른편 모퉁이에는 'FH' 로 된 글자도 읽을 수 있었다.

허망함의 나날들.

호들러도 당시에는 죽음에 가까이 가 있었다.

1914년이 되자 그에게도 가장 귀한 사람의 죽음을 곁에서 지켜봐야 했다. 발렌티네. 그는 그녀 옆에 앉아, 그녀 죽음을 지켜봤다. 그 죽음은 그가 소년으로서 베른에 살 때 알게 된 것이다. 입술 주름에서, 눈빛의 약함 속에서, 두 눈의 동공 색깔에서. 그는 발렌티네의 얼굴에서 그 자신이 이미 알고 있는 죽음의 징조를 보고 있었다. 죽음은 그가 청년이었을 때, 자기 형제자매의 얼굴들에서 다섯 번이나 보았다. 그는 죽음을 자기 아버지의 죽음 침대에서도 만났다. 그리고 몇 년 뒤에는 엄마 얼굴에서. 엄마는 들판에서 죽음을 맞았다. 그는 엄마 시신을 혼자서 마차로 옮겨야 했다. 그 죽음을 그는 체험적으로 아주 잘 알고 있었다. 그 죽음이 다시 찾아 왔다. 지금 가장 잔인한 모습으로 왔다. 가장 귀한 존재를 파괴하러.

페르디난드 호들러는 발렌티네가 쓰는 침대 옆에 앉아, 스케치로 아내의 살아있는 모습을 남겨 두려고 애썼다. 그녀는 날이 갈수록 쇠약해져 갔다. 그는 그녀에게 숟가락으로 물을 떠먹여야 했다. 그녀에겐 자신의 입술을 적실 힘마저 없었다.

그는 눈물을 씻기 위해 복도로 나왔다. 보모의 목소리로 인해 다시 평온을 되찾아가는 파울리네의 작은 목소리가 아기방에서 들려왔다. 그가 발렌티네 곁으로 다시 돌아오자, 눈물은 이미 그의 눈가에 다시 보였다.

발렌티네는 고열로 인해 두서없이 말했다.

"집으로 가요, 여기 지금 있으면 살아남지 못해요! 당신을 구하려면 여기를 곧 나가요! 어서 나가요. 나가라고요!"

그러면서 그녀는 아무것도 할 수 없음에 얼굴을 떨궜다.

그는 발렌티네가 작은 소리로라도 말하는 것을 계속 듣고 싶다.

'당신을 구하라고? 그녀가 그렇게 말했던가?'

화가는 죽음을 날마다 그려갔다.

한때 사랑을 그렸듯이, 그는 지금 죽음을 그리고 있다.

세계 미술사에서 한 번도 죽음을 주제로 작품을 만든 이는 없었다. 그의 크레용은 그가 정말 사랑해 온 사람의 얼굴에 실린 고통을, 피를 그렸다. 고통에서 고통으로, 오늘도 내일도. 그녀 창문을 통해 긴 줄의 풍경을 그려냈다.

다음날, 결국 발렌티네는 숨을 거두었다.

발렌티네는 온몸을 뻗은 채 있을 뿐이다.

발렌티네의 사체처럼 긴 줄이 석양 속으로 펼쳐졌다. 그는 죽어가는 사랑을 그리기 위해 붓을 들었다.

석양이야 다음날에도 다시 되풀이되겠지만, 발렌티네는 더는 볼 수 없다.

아무것도 충고가 되지 않았다. 그는 붓을 놓았다.

두 살의 파울리네는 옆방에서 엄마를 애타게 부르고 있었다.

헥토르가 아버지를 도우러 달려왔다.

"그 사람이 죽었어."

두 남자는 아무 말도 하지 못한 채 서로를 쳐다보았다.

9. 안드레오와 사별한 뒤

장례식을 어떻게 치렀는지 쟌은 기억하지 못했다. 많은 사람이 그녀에게 위로하러 다가와 악수를 청했지만, 울음 속의 그녀는 아무것도 보지 못했다. 그녀는 자신 앞에 꽃과 리본으로 덮인 채 안치된 관의 모습만 기억하고 있었다.

미미가 천사처럼 모든 일을 처리해 주었다. 그녀는 이미 여러 해 대학교수의 우아한 아내였다. 미미 남편인 교수는 그 두 사람의 우정을 이해해 주고 있었다. 미미는 묻지도 않고 쟌의 손님방에 거주하면서, 그 위기가 지나가기만 기다렸다.

"좀 잠을 자 둬."

미미는 위로했다. 그녀는 며칠 뒤면 그 위기에서 쟌이 빠져나오겠거니 하고 예상했다.

그러나, 쟌은 잠에서 깨어나 보니, 자신의 옆에 침대가 비어 있음을 확인할 때마다 언제나 울먹임이 새 봇물이 되어 터져버렸다.

교회에도 그녀는 가지 않았다. 그곳에도 안드레오는 없을 터이니.

모든 것이 그녀에게 상처를 입혔다.

안드레오가 상점에서 사 온, 다용도실의 두 꾸러미의 오징어. 여러 켤레의 구두. 남편이 안 사도 된다고 해도 그녀가 억지로 사놓은 구두들. 여전히 구두는 있어도, 안드레오는 없다. 그리고 아무것도 수선할 수 없고, 아무것도 더할 수 없고, 남편에 대한 모든 것은 이미

다 일어나버렸다. 그녀는 다시 울먹이기 시작했다.
안드레오가 사용하던, 지금은 이젠 아주 작아져 버린 욕실 비누. 안드레오가 사용한 그 비누. 그이가 자신의 손을 말리던 수건. 안경. 지갑. 그녀가 지난 크리스마스 때 선물로 사준 그이의 갈색 가죽 지갑. 이미 한 모퉁이가 구겨지기 시작한 지갑.
그녀는 창가로 가서 밖을 내다보았지만, 그 풍경은, 그이를 이젠 더는 볼 수 없음을 제외하고는, 똑같아서 고통스러웠다.
그녀는 생각에 잠겨 참새들을 바라보았다. 왜냐하면, 저 새들이 지금은 그이와 관련되는 듯했기 때문이다. 그녀는 그이가 보내오는 신호를 기다렸다. 그녀 자신은 그이가 떠나가지 않았음을 알고싶었다. 그녀가 바라보던 참새가 순간 재빨리 그녀 옆으로 날아왔다.
"안드레오."
그녀가 겁이 나 이름을 불러 보았다. 그러자 그 새는 흥미 없다는 듯이 풍경의 저편으로 날아 가버렸다.
그녀는 울먹이며 그 새들 사이에서 안드레오를 찾아보았다.
그녀는 밤에도 창을 밝혀 둬, 안드레오가 집으로 오는 길을 찾을 수 있도록 했다. 매일 밤 그 창가는 불빛이 헛되이도 밝힌 채 있었다.
"오늘 밤엔 저 나뭇가지가 창문을 두드릴까?"
공원에서 그녀는 모든 것에 흥미를 잃은 환자처럼 미미와 함께 산책했다. 갑자기 바람이 일어 낙엽들이 땅에서 공중으로 날려, 그중 마른 나뭇잎 하나가 그녀 입술에 붙기도 하였다. 그녀는 자동으로 자신의 입에서 그 나뭇잎을 떼어내, 저 멀리로 던져 버렸다. 나중에서야 그녀는 이해했다, 그게 안드레오의 키스였다고.

우울하게 그녀는 땅을 내려다보았다. 그녀는 자신에게 돌이 무슨 메시지를 전하는지 유심히 듣고 있었다. 어느 돌부리 하나가 뾰쪽하게 나와 있어, 그녀의 신발 가장자리 위 발목을 살짝 찔렀다. 그녀는 자신의 귀를 쫑긋하고는 무슨 일이 일어날지 유심히 관찰했다. 아무것도 뒤따르지 않았다.

어느 날, 그녀는 그 공원에서 자신의 발 앞에 안드레오의 갈색으로 칠해진 남성 심벌이 놓여 있는 듯한 착각을 했다. 쟌은 그것을 손으로 집었다. 마른 나무조각을.

“미미, 내가 찾았어. 난 저 산책로에 이걸 내버려 둘 수 없었어.”

“나무 조각이야, 불태워 버려.”

“불태운다고, 미미? 이건 안드레오의 신체의 일부분과 비슷해.”

미미는 그 신체를 보러 더 가까이 다가섰다. 그녀에겐 나무 조각만 보였다.

그 두 사람은 그걸 나중에 벽난로에 태워버리기를 결정했다.

쟌은 그 생각에도 울먹였다.

길에서 그들은 조그맣게 불을 피워 둔 채 일하는 노동자들을 보았다. 그들은 무슨 선반의 나무 조각들을 불태우고 있었다. 미미는 그녀에게 저곳에다 좀 전에 길에서 주운 나무 조각을 던져 버릴 것을 제안했다.

잔은 그렇게 하겠다 안하겠다라고 말하지 않았다. 그녀는 다시 울먹이기 시작했다. 왜냐하면, 이제 불을 보니, 안드레오는 추위 속에 누워 있으니, 이제는 더는 불이 무엇인지 알지 못하리라고 생각했다.

몇 달이 지나자, 미미는 잔에게 의사를 한 번 만나보는 것이 어떻겠느냐고 제안했다. 남편의 동료이자 정신과 의사에게 진료를 받아 보기를 권했다. 진료 날짜가 잡혔다.

미미가 그녀를 병원 문까지 데려다주며, 그녀를 그 안으로 밀어 넣었다.

반 시간 뒤 잔은 나왔는데, 눈물범벅이 된 채, 인형같이 되어 버린 얼굴을 하고, 손에는 약품 이름이 쓰인 처방전을 들고서.

"난 할 수 없어. 나는 약물로 안드레오에게 반하는 행동을 할 수 없어."

미미는 강력하게 권했다. 그 약을 먹고 사람들은 잠을 편히 잘 수 있다고.

마침내 미미는 잔을 깨어 있는 상태로 붙잡아 두는데 성공했다. 미미가 많은 말로서 그 불행을 밝혀 주었다.

"넌 집에 있으면 안 돼. 나가서 생활해야 해! 너는 네 자신을 가두면 안 돼! 너는, 어찌된 상황이든, 네 삶을 이어나가야 해."

평범한 조언. 잔은 힘이 없었다. 일어설 힘조차도.

"너는 힘을 되찾아야 해. 네 주위를 둘러봐! 네 남편은 위엄 있게, 이 세상에서 가장 좋은 스위스 병원에서 충분한 의료 도움을 받고 돌아가셨어. 저 진흙 속에서,

숲에서 또 들에서 상처를 입은 수많은 군인을 보라구. 여기저기서 도움의 손길을 구하고 있어. 그런데 너는 누워만 있으니."

솔페린(Solferino)[48]에서 전투가 벌어졌다는 것을 그녀는 아직 알지 못했다. 적십자 단체[49]가 창설되었다. 그녀는 그것도 모르고 있었다. 헥토르 호들러가 중립국 스위스에서 설립한 중립 단체인 세계에스페란토협회에서 전쟁을 벌이는 양편의 에스페란티스토들의 고통을 들어주려고 도움을 주고 있다는 소식에도 그녀는 아무 생각이 없었다. 아무것도 그녀에겐 관심이 가지 않았다.

쟌은 무력해져 있던 몇 달 만에 마침내 자리에서 일어났다. 미미는 그녀를 같은 병원으로 가보도록 지도했다. 이젠 더는 정신과 의사 선생님께 가지 않고, 여성 자원 봉사자를 받아 주는 작은 문으로.

그곳에서 미미는 자신의 여자 친구가 간호사로 자원봉사하러 이곳에 왔다는 것을 열심히 설명해 주었다.

쟌은, 미미의 예상과는 달리, 훨씬 쇠약한 에너지를 가지고 있었다. 그러나 모든 사람이 도움의 손길이 필요했다. 사람들은 그녀더러 곧 남아 있기를 원했다. 부상 군인들을 태운 기차가 곧 도착한다기에. 곧이라니?

---

48)역주: 1859년 6월 스위스 제네바 출신 사업가였던 앙리 뒤낭은 사업차 나폴레옹 3세를 만나기 위해 이탈리아를 여행하게 되었다. 여행 도중 북이탈리아의 솔페리노 지역을 지나게 된 앙리 뒤낭은 그곳에서 프로이센군과 오스트리아군 간의 참혹한 전투를 목격하게 되어, 이후 앙리 뒤낭은 국제 구호조직을 제안하게 되는 계기가 된 전투임.

49) 역주: 국제적십자 위원회: 스위스 제네바에 본부를 두고 국제적으로 활동하는 스위스의 민간 기구. 제네바 협약 및 관습법 규칙에 따라 전쟁, 내란 등의 국제적 혹은 비국제적 무력분쟁에서 전상자, 포로, 실향민, 민간인 등의 희생자를 보호하기 위해 설립된 인도주의 단체.

어떻게? 바닥 청소부터 하라고? 침대들을 펼치라고? 그렇다. 집에서 그녀는 바닥을 청소하지 않았는데.

다음날, 쟌은 자신의 가장 편안한 신발을 신고, 넓은 치마를 입고, 머리카락을 납작하게 눌러 병원으로 들어섰다. 그녀는 작업복을 받았다. 그녀에게 적십자 리본을 붙여 주었다. 그녀에게 손을 어디서 씻는지를 알려주었다. 부상군인이 너무 많았다. 매일 새로 부상 군인들이 들어왔다. 그녀가 수술에 참여해, 어느 부상 군인의 팔을 절단하는 동안, 그녀는 그만 기절해 버리기조차 했다. 의사는 그녀를 다른 방으로 옮겨 놓았다. 그녀가 다시 힘을 얻었을 때, 의사가 그녀에게 다시 수술실로 와서 도와달라고 했다. 물러날 수가 없었다.

그녀 주변에는 죽음이 무더기로 밀려오고 있었다.

10. 메호(Meho)

쟌은 이미 시립병원에서 반년을 간호사로 일하면서 이제는 얼마나 많은 팔다리가 자신의 도움을 받아 절단되는지, 그런 질문에 어떻게 답할지 더는 알 필요가 없었다. 그녀 자신은 병원 간호사의 삶이 좋아지기 시작했고, 이젠 이 직업이 없었더라면 자신의 삶을 상상할 수 없을 정도가 되었다. 병원과 관련된 사람들이 많았다. 의사뿐만 아니라, 간호사, 다른 자원봉사 여성들. 그들 사이에서, 아무 의심의 여지 없이, 그녀는, 가장 헌신적인 사람은 아니었어도, 가장 아름다운 사람이었다. 그 점을 아무도 발설하지 않았다. 하지만 쟌은 의사나 간호사는 물론이고 부상자들의 눈길에서 이미 알고 있었다. 하지만 이를 전혀 내색하지 않고 쟌은 부상자들에게 기꺼이 말을 걸어 주고, 그들 이야기를 들어 주면서 그들에게 용기를 북돋아 주었다.

부상자들이 유럽 각 지역에서 왔다. 그 부상자들은 들것에 실려 왔으며, 자주, 그녀 평가로는, 그들은 절대로 다시 회생하지 못할 것 같은 사람으로 보였다.

그러나 의사들의 진료, 외과 의사의 능숙함, 의료용 붕대, 의약품, 병원에서의 안정, 규칙적인 식사, 깨끗한 병상, 모든 언어를 이용한 기도가 수많은 기적을 만들어냈다.

환자들과의 -환자 자신들이 회복되는 과정에서- 대화를 하는 것은 정다웠다.

예를 들자면, 제4 병실의 메오(Meo)라는 인물이 대표

적이었다. 의사가 그의 다리에 봉합 수술할 때, 수술실에서 그녀도 도왔다. 또, 그녀가 그의 고열을 내리는데 성공한 이후, 그는 치료 중에도 불구하고 어떻게나 생기 있게 생활하는지!

메오는 수술을 마친 뒤 눈을 떤 직후, 담배를 달라고 요청했다. 쟌은 그것을 허락할 권한이 없다. 그는 그녀 지시에 따르지 않았고, 무시하는 방법을 고안해 냈다.

"의사 선생님이 아직 담배 피우는 것을 허락하지 않았어요."

"알아요, 하지만 저는 모스타르(Mostar) 출신이라구요. 저희에겐 담배가 회복제라구요."

그녀는 그가 잘게 잘라 놓은 담배가 담긴 은색 통을 처음 보았다.

"의사 선생님께 환자 이야기를 해야겠어요."

"양심에 맞겨요, 간호사 선생님! 그래도 제가 죽도록 내버려 두지는 않겠지요."

이제 그녀는 그에게 걷는 연습을 시켰다. 그가 다시 걸을 수 있음을 알게 되었다. 그는, 앞으로, 조금 절면서 걸을 수 있을 것이다. 그러고 그는 온전히 프랑스어로 잘 말할 수 있었다. 비록 그가 이 병원에 처음 도착해 매일의 악몽 중에서 그녀가 모르는 낯선 언어로 외쳤지만, 그녀가 그의 이마를 닦아 주고, 그의 땀으로 흠뻑 젖은 셔츠와 속옷을 벗겨, 마른 옷으로 갈아입혀 줘야 했다.

메오는 세르비아군대의 의용군 병사로 참여해 다리에 총상을 입었다. 적십자의 여성 자원봉사자들은 그를 기꺼이 도왔다. 그는 늘 말하던 대포 이야기는 더는 하지 않았다.
"어디서 다치게 되었어요?"
그녀가 환자에게 한 질문 중 환자를 더욱 공포의 순간으로 몰아넣는 그런 질문을 했다. 그렇게 그녀는 부상자들의 상처를 통해 전쟁에 대한 전혀 다른 그림을 가지게 되었다.
"코르푸[50] 섬으로 가다가 독일 잠수함 공격을 받았을 때입니다."
"그 섬은 어느 나라에 있어요?"
"그리스요."
"그런데 세르비아군대가 그리스 섬까지 무슨 일로 갔는지 이해되지 않는군요?"
"우리 세르비아군대가 1916년 세르비아에서 후퇴해야만 했어요. 몬테네그로와 알바니아를 거쳐서요. 그 섬에 약 14만 명의 군인이 도착했어요. 그리고 그중 약 10만 명이 도중에 사망했어요. 프랑스군대가 우리를 도와주었어요. 바다 위에 떠 있는 보트에 제 엉덩이를 겨우 걸치고 있었을 때, 제 동료들이 다행히도 저를 끌어올려 주었거든요. 그들이 저를 그곳 병원으로 후송해 주었어요. 제가 눈을 떴을 때, 코르푸섬 사람들이 저를 도와주고 있었어요. 약간의 배고픔 뒤에 야채수프가 덮인 쇠고기 요리도 먹을 수 있고, 빵도 먹을 수 있었네요. 그리고 저는 제 눈을 믿지 못할 정도로, '라하트로

50)역주: 그리스 북서부 알바니아 국경 부근 해상에 있는 그리스령 코르푸섬. 1864년 영국이 그리스로 양도한 섬

쿰rahatlokum. ”
“그게 뭔가요?”
쟌은 궁금해 했다.
“모스타르산 과자에요. 그게 터키산인 줄 알았어요. 그건 동쪽에만 있는 거예요”
쟌은 제네바에서 그를 놀래 줄려고 어디 가면 라하트로쿰을 찾아낼 수 있을지 급히 생각해 보았다. 그런데 그 낱말을 그대로 유지한 채 발음하기가 어려웠다. 그 낱말의 무슨 ‘ㅎ(h-)’ 소리가 그녀의 기억에 방해가 되었다.
“그런데, 당신은 거기서 어떻게 우리 병원으로 오게 되었나요?”
“뭔가 다른 비극이 있었어요. 코르푸섬의 병원마다 환자들로 꽉 찼어요. 환자 중 일부는 알제리와 튀니지로 보내졌어요. 당시 적십자 위원회에서 수송단을 구성했어요. 이탈리아로 보내는 수송단이었지요. 사람들이 그 수송단에 저를 끼워 넣었어요. 그 수송단에는 30명의 군인이 깨끗한 군용 침대보를 보급품으로 지급받았는데, 이게 나중에 몇 명의 눈을 멀게 해버렸어요. 그 수송단에 저도 끼이게 되었어요.”
“깨끗한 침대보인데 눈이 멀다니요?”
“그 침대보는 프랑스-독일 전선에서 가져왔는데 나중에 그 침대보에 무슨 독가스가 살포되어 있어, 독이 배여 있었음이 밝혀졌어요. 눈이 아프게 된 환자들은 로마에 남고, ‘눈이 정상인’ 환자들은 적십자 위원회의 다른 수송단 편으로 스위스로 후송되었어요. 정부 전체가 코르푸에, 안글레테레Angletere라는 호텔에 위치한 채, 남아 있었어요. 인민 국회도 그곳에 머무르게 되었어요. 법학을 전공한 대학생인 저는 아주 보잘 것 없는 정도의, 그 정부의 '보조 공무원'이었어요."

쟌은 여성 간호사 동료인 안네(Anne)가 도움을 요청하자, 그곳을 떠나야 했다. 그녀가 그 부상자에게 너무 친절하게 대해 주는 것으로 아무도 아직 불평하지 않았다. 서비스를 제공하는 단체에 속한 간호사들은 그 병원에서 자신의 관심을 균등하게 배분해야 했다.

그녀는 나중에 깨끗한 침대보를 가져다가 병실에서 가장 지루해하며 지내는 노인에게 전해 주고, 노인에게 자신의 침대보를 바꾸는 것이 나은지 물어보아야 했다. 노인은 그런 교체에 대해 거의 관심이 없고, 그 도움을 주는 적십자사 여성 회원이 라하트로쿰 이야기를 아주 많이 듣고 싶은 것을 숨기려고 그에게 깨끗한 침대보를 가져다주게 된 것도 전혀 모르고 있었다.

쟌이 메호(Meho)에게 물 한 잔을 가져다줄 때마다, 그 부상자는 머리가 계속 어지럽다며 지팡이를 짚은 채 혼자 걸을 수 없다며 누군가 부축해 줘야 한다고 강조했다. 그의 머릿속에는 아름다운 여간호사 쟌의 모습만 떠올리고, 그게 그의 심신이 약해진 원인임이 곧 밝혀졌다.

그는 자신의 머릿속에 스위스 50프랑 화폐에 새겨진 인물이 떠오르는 것을 모르고 있었다.

그는 자기 이름을 간호사 쟌에게 가르쳐 주는 것을 포기하고는, 자신을 그녀가 메오(Meo) 씨라고 부르는 것을 받아들였다. 그가 자신의 이름 메호(Meho)를 말할 때, 이상한 'ㅎ(h-)' 소리는 '에(e)' 와 '오(o)' 사이에서 미끄러져 버렸다. 그녀는 그의 성명 중에서 성을 배울 엄두를 내지 못했다. 그 속에는 '치시(čš), 치시(čš)' 하는 소리가 너무나 많다. 물론 그의 성명 중 성은 그녀가 가진 샤를-세라니(Charles-Cerani)의 경우처럼 비슷한 글자를 가지고 있다고 강조함에도 불구하고.

어느 날 산책에서 그녀가, 하나님 덕분에 메오가 아주 잘 걷게 되었다고 말하자, 그는 '그렇다' 며 '알라(Alaho)신의 축복이 있기를!' 이라고 덧붙였다.

쟌이 그를 쳐다보자, 그는 자신이 이슬람교도라고 말했다.

"이슬람교도라고요?"

그녀가 놀라듯 그를 쳐다보았다.

"왜 놀라는거요? 저는 보스니아-헤르체코비나의 모스타르(Mostar)[51]에서 태어났어요. 그곳 모스타르는 400년간 이스탄불을 수도로 둔 오스만 제국에 속해 있었어요."

"하렘(Haremo)[52]이 내 머릿속에 들어선 첫 낱말인 걸요."

쟌은 생각에 잠겨 반박할 수 있는 말을 찾아냈다.

"살로몬(Salomono)은 700명의 부인과 300명의 첩을 둔 후궁(後宮)을 갖고 있었지요."

---

51)역주: 모스타르에는 가톨릭을 믿는 크로아티아계와 세르비아정교를 믿는 세르비아계 및 이슬람을 신봉하는 무슬림들이 동서로 가르는 네레트바 강을 사이에 두고 사이좋게 살았다. 서로 다른 민족과 종교를 이어줘 온 네레트바 강의 옛다리('스타리 모스트')는 이 지역 사람들의 관용과 단결의 상징으로 자리 잡았다.

52)역주: 회교국의 후궁(後宮)

메호는 그렇게 대답하고 싶었으나, 그는 현명하게도 그 자신을 위해 그 문장을 말하지 않았다.
"제 이름은 메흐멧(Mehmed), 다른 말로는 무하메드(Muhamed)인데, 그 뜻은 '축복받은 자'라는 말이에요. 아랍어로 그 말은 이슬람 종교의 창시자를 뜻합니다. 메호는 그것에 맞는 애칭일 뿐이구요."
쟌은 자신이 그를 처음 보는 것처럼 쳐다보았다.
'이 남자는 어디서 왔지?'
쟌은 그럼에도 그의 이름을 다시 배워야만 함을 알아차렸다. 의사가 그의 붕대를 풀고서 이젠 건강이 회복되었다고 선언했을 때, 메오 청년은 아름다운 여간호사의 손을 요청했다. 처음에 그녀는 그 요청을 못 들은 척했다. 그 이유는 이미 그녀 자신이 온종일 그의 손을 잡고 그의 걸음걸이를 도와주던 첫날에 이미 이 청년 나이가 자신보다 8살이나 적음을, 또 그 일은 적당하지 않음을 계산해 두었다.
그 청년은 자신의 지팡이에 의지한 채 병원 건물의 정문에서 그녀를 기다렸다.
제네바가 그 두 사람의 로맨스에 아름다운 배경이 되었다. 청년은 그녀에게 말하길, 그의 나라가 그에게 미국주재 영사관에 영예로운 자리를 줄 거라고 말하면서 그녀가 그를 동반해 줄 수 있는지 관심이 있다고 했다. 그는 자신의 모자를 벗고는, 그녀가 대답하기를 기다렸다.
"제 엉덩이에 박힌 총알의 대가가 미국 주재 영사관의 공무원 자리네요."
그는 살짝 웃었다.

그녀에겐 그런 위트가 통하지 않았다. 그녀는 세르비아군대에 자원입대한 것, 어느 다리를 건너 세르비아의 편으로 피신한 것과, 또 그와 그의 친구를 동반하게 해준 그 마을 사람이 건네준 여권이 뭘 뜻하는지 이해할 수 없었다.

"그리고 만일 그때 자원입대하지 않았다면요?"

"오스트리아가 저를 징집했을 겁니다. 오스트리아가 보스니아-헤르체코비아를 합병했지요."

"그럼, 당신을 쏜 그 총알은 어느 편에서 나왔나요?"

"독일 군인들로부터요."

"맙소사, 내가 당신에 대해 아무것도 아는 게 너무 없군요!"

그녀는 힘없이 자신을 방어했다.

"당신이 속한 나라가 어떤 이름을 가지는지도 몰라요."

"그럼, 배우세요, 내 나라는 세르비아-크로아티아-슬로베니아 왕국입니다."

"왜 그렇게 복잡해요? 전부 한 세트 같아."

"그렇게 길면, 제가 모스타르에서 왔다는 것만 기억해요."

그는 잠시 말을 멈추더니, 자신의 설명을 이어갔다.

"어머니는 제가 3살 때 돌아가셨어요. 폐결핵으로요."

쟌은 그를 사랑스럽게 쳐다보았다. 폐결핵에 대해서 그녀는 잘 알고 있었다. 죽음도 마찬가지로. 하지만, 메오, 그도 어렸을 때 이미 경험했다.

"그런데 누가 당신을 교육시켰나요?"
"아버지와 메블리다, 그 두 분이요. 친척 여성이에요. 제가 태어날 때부터 제 어머니를 도운 메블리다라는 분은 제 부모님이 결혼할 때부터 저희집에서 일을 시작하였어요. 그 여성분은 모스타르의 제가 살던 집에 지금도 살고 계세요."
쟌은 그를 흥미롭게 바라보았다. 그녀는 이미 2년 동안 과부로 살고 있다. 메호는 지금 그녀를 '나의 보물'이라고 이름 지어 놓았다. 쟌은 그런 표현에 약하다. 그녀 얼굴은 모든 스위스 보물에 숨겨진 채 놓여 있다. 이제 그녀는 법학도이자 세르비아군대 자원입대병인 메호 치시치(Meho Ćišič)의 개인 보물이 되었다.
자원 입대병의 열성으로 그는 그녀를 포위했다.
그는 그녀 손바닥에 모스타르 지도를 그렸다. 엄지손가락에서 둘째 손가락으로 모스타르의 옛 다리가 펼쳐졌다. 그 아래에는 네레트바(Neretva)강이 흘러갔다. 네레트바강은 아주 긴 강이고 그 강은 그녀 팔꿈치를 향해 흘러가기 시작했다.
"하, 그만, 그렇게 하면 간지러워!"
그가 이미 위험한 신체 부위에 도달했을 때, 쟌은 그만두게 했다.
다음 날은 쟌의 삶에 있어 가장 불행한 날이 되었다. 위대한 화가 페르디난드 호들러의 사망 소식을 듣고, 아무 위로도 없이 울먹였을 때, 메호는 그녀 눈물을 닦아 주었다. 제네바는 자신의 영예로운 시민을 잃었다. 스위스는 이제 가장 위대한 화가가 없는 채 남아 있었다. 전 세계 예술계는 위대한 화가이자 기념비적 인물 없이 남아 있어야 했다. 쟌은 자신의 고귀한 'F'를, 그녀를 화폭에 담았던 그이를 잃게 되었다.

쟌이 남편 안드레오를 잃었을 때, 죽음을 알기 시작했음에도 불구하고, 그녀는 지금 호들러의 죽음이 새로운 절망의 물결을 불러왔다.

메호는 조금씩 그녀 울먹임이 왜 그렇게 큰 슬픔인지 이제는 이해했다. 그가 지금 사랑하는 이 여성은 15년간 그 위대한 작가 앞에서 모델이 되었다. 그 작가에겐 그녀는 아름다움의 여성 모델이었다. 그녀가 그 작가의 모델이자 그의 연인이었다. 그녀 방에 걸려 있는 호들러의 초상화는 그 연인으로부터 받은 선물이다.

쟌 자신의 이름 속의 음악가 세라니는 그녀 삶에 있어 가장 위대한 사랑은 아니었다.

"내게도 좋은 취향이 있음을 입증해 주는군!"

메호는 그 점을 크게 발설할 용기가 나지 않았다.

그는 본능적으로 자신의 끊임없는 대단한 관심만이 쟌을 도울 수 있으리라고 알고 있었다. 그는 그녀가 고통 속에 힘들어하는 동안, 그 고통을 들어주는 방법을 알고 있었다.

그는 그녀를 위해 여러 잡지에 실린 호들러 관련 기사를 가위로 오려, 챙겨 주었다.

그녀는 2년에 걸친 그의 구애의 노력에 투항했다.

사랑은 1920년 제네바에서 결혼으로 화관을 씌워 보답했다. 그녀는 결혼식을 위해 면사포를 사러 다녔다. 간단한 일이 아니었다. 그 면사포는 특별히 매력적이어야 했다. 결혼식에 참석한 사람들이 새 신부가 새신랑보다 나이가 8살 많다는 것을 곧장 알아차리면 안 되었기 때문이다.

결혼식을 위해 이것저것 구입하느라 피곤해진 그녀가 미미와 함께 예쁜 잔을 앞에 두고 앉았다.

그들은 차를 주문했다. 종업원이 따뜻한 찻잔을 들고 왔다. 1920년 3월 31일이었다.

미미는 새신랑에 대해 많이 궁금해했다. 그녀는 축제들이 열리는 것을 좋아했다. 더구나 그녀는, 이젠 사람들이 예술가에 대한 관심은 적어지고, 나라가 유명하지 않아도 그 나라의 공무원들에 더 많은 관심을 가지는 시대가 되었다고 말해 주었다. 미미는 면사포에 대해서는, 좀 짙게 짠 면사포를 골라주는 완벽한 조언자였다. 그러나 여자친구들이 모여 있을 때, 미미에겐 간단하지 않은 또 다른 전달 의무가 있었다. 그녀는 슬픈 소식을 알고 있었다.

레이신(Leysin) 요양원에서 투병 중인 헥토르 호들러가 사망했다는 것이다. 폐결핵과의 싸움에서 끝내 그는 이기지 못했다.

쟌은 자신의 가방에서 작은 손수건을 꺼내 울먹이기 시작했다.

헥토르 호들러가 사망했다. -전신 부호들이 그 부음 소식을 그가 알고 지내던 세계 사람들에게 전달되었다. 안토니아 요지치치는 코스타이니짜의 자신의 학교에서 퇴근해, 자신의 작은 방 벽난로에 부추 수프를 끓이기 시작했다. 그새 그 여교사는 자신이 좋아하는 잡지를 펼쳤는데, 그 안에는 그때 코라쿠프에서 그녀 앞에 앉았던 그이, 헥토르 호들러의 초상화가 사각 틀에 짜여져 있음을 발견했다. 그녀로서는 자신의 오라버니가 별세한 느낌이다. 그녀는 충분히 자각이 있었기에 벽난로의 부추 수프를 끓이는 주전자를 내려놓고 그때서야 울음을 터뜨렸다.

세계 여러 지역에서 수많은 여인이 헥토르 호들러의 죽음에 울었다. 그의 고향 스위스의 50프랑 지폐 속의 여인도 아주 진심으로 울먹이고 있었다.

며칠 지나, 쟌의 눈물이 이제 말랐을 때, 쟌과 메호의 결혼식이 거행되었다.

쟌은 그들이 새로 세내어 입주한 집의 안락의자 위로 자신의 하얀 결혼식 드레스를 던져 놓았고, 그이가 저녁 탁자 옆에 자신의 지팡이를 걸어 두는 것을 확인했다. 그녀가 그에게 병원에서 가르쳐준 방식대로 -그가 곧 그 지팡이를 찾을 수 있도록 하는 방식으로.

아침에 잠에서 깬 그녀는 잠옷 차림으로, 그이가 면도하는 모습을 쳐다보았다. 메호는 아주 유머가 풍부한 사람이었다. 그는 어떤 노래를 흥얼거리고 있었고, 그 감동으로 인해 그가 마치 붕-떠 있는 것처럼 보이면서 자신의 이마에는 주름을 만들었다.

따뜻한 목욕을 마친 뒤 귀갓길에,
오래된 회교 사원의 정원을 지나가네.
그곳 정원에 꽃 핀 자스민 나무 그늘에
그곳 정원에 정말 예쁜 에미나가 서 있네.

내가 그녀에게 인사했고, 하느님을 불렀어.
그녀는 그곳에 잠자코 아무 말이 없다네.
아이, 그녀는, 아이, 야바샤, 말 위에서는 수바샤.

"그게 무슨 노래인가요? 오스만 뭔가요?"

남자는 만족해 있다네. '나의 후궁(後宮)시대가 진지하게 막이 올랐어요. 결혼한 첫날에, 나는 내 욕실을 어떤 에미나와 함께 사용하네.'

"모스타르 사람들의 노래이지요. 필시. 모스타르의 새 신부로서 당신은 이 노래- 에미나(Emina)[53]-를 꼭 알아

---

53)주: "에미나"

따뜻한 욕실에서 나와 그 집으로 돌아오니.
나는 오래된 회교 사원의 정원을 지나가네.
그리고 그곳에 자스민 꽃이 핀 나무 그늘에
엄청 아름다운 에미나가 정원에 서 있다네.

내가 그녀에게 인사했고, 하느님을 불렀어.
그녀는 그곳에 잠자코 아무 말이 없었다네.
그녀는 손에 든 성배(聖杯)로 꽃에 물을 주고
내가 마음 아파하는 것엔 전혀 관심이 없었다네.

갑자기 나뭇가지에서 바람이 일자
작은 한 뭉치의 머리카락이 바람에 흩날리네.
하여 그녀 머리카락 내음으로 인한
악몽이 내 머리에 흔들어 놓네.

그녀는 그리도 아름다워라, 오 이슬람의 믿음이여,
술탄의 궁전을 가졌다 해도 자랑스러울 정도이네.
만일 그녀가 산책하고 어깨를 움직이면
주권자의 기도조차 나를 돕지 못하네.

나는 그저 균형을 잃고, 오, 어머니의 믿음이여,
하지만 내겐 예쁜 에미나는 오지 않네.
그녀가 한 번 고통스런 나를 쳐다보지만
나의 부끄러워 함을 온전히 무시하네.
-알렉사 산티치(Aleksa Šantić:1883-1924) 지음, 에스페란토로 옮긴이는 니콜

둬야 할 걸요. 내가 당신을 위해 언젠가 번역해 주리다. 하지만 그보다 먼저, 여보, 우린 짐을 꾸립시다. 스위스여, 안녕! 미국으로!”

메호가 미국 시카고에 공무를 시작하던 때인 1921년까지 그들은 그 집에서 살았다. 신생 세르비아-크로아티아-슬로베니아 왕국의 시카고 총영사관에서 메호 치시치 씨는 신생국 정책을 위해 새 주권국의 다양한 지역 출신의 수많은 이슬람교도에게 영감을 불러일으키는 임무를 맡았다.

아, 미국으로 여행한다는 것은 얼마나 흥분되는 일인가!

미미에게 작별키스를 한다.

타이타닉 호[54]에 대해선 더는 생각할 필요가 없다. 필요한 모든 가재도구를 짐으로 싸고, 호들러 아틀리에에서의 미술작품들이 담긴 상자에 대한 세심한 주의를 기울이는 것을 잊지 않기로 했다. 그것들은 쟌이 아틀리에를 청소하면서 챙겨 둔 바람에 자신의 소유가 된 것이다. 그녀가 그 작가가 그려 놓은 평온한 제네바 호수에 광란의 물결을 그려 놓고서 들고 나왔던 작품들이다.

페르디난드 호들러가 1918년 제네바에서 별세하자, 쟌은 그의 유산 전부를 그의 아들 헥토르와 그의 딸 파울리네가 상속받지 못함을 이해했다.

라이 라시치(Nikola Rašić)

54)역주: 1912년 4월 10일 영국의 사우스 햄프턴 항을 출항한 당대 최대 규모의 호화여객선 타이타닉호는 불과 4일 만인 4월 14일에 북대서양에서 빙산과 충돌하여 침몰했다. 총 2,200명의 탑승자 중 1,489명이 죽거나 실종되고 711명만이 생존한 역대 최악의 해난 사고로 기억되고 있다.

분명하게도, 그녀 자신이 호들러의 작품 중 귀중한 보물을 자신이 소유하고 있다는 것이다. 메호는 예술에도 좋은 취향이 있었다. 그는 쟌이 수집해 놓은 컬렉션의 가치에 대해서도 이해하였다.
"여보, 당신은 이제 부자라구요! 내가 부유한 여인과 결혼했음을 전혀 몰랐구나. 나는 내 사랑이 가진 옷장의 내용물을 모른 채, 이 아름다운 여인을 사랑해 결혼했어. 내가 1915년 전선에서 싸우던 동안에도 가장 유명한 세계작가 앞에 포즈를 취했으니. 독일 잠수함이 나를 목표로 겨누던 동안에도, 그녀는, 아, 이제 그만......정말, 쟌, 당신은 1915년을 마지막으로 호들러에게 포즈를 취했나요?"
쟌은 고개를 끄덕였다.

그들이 미국에 도착해, 그들의 삶이 평온해지자, 메호는 자기 아내에게 그들이 크리스마스를 기념해 호들러 작품을 아트 클럽에 전시를 한번 해 보자고 조언을 했다. 그들은 34점의 작품이 담긴 카탈로그를 만들었다. 그녀가 소장한 작품 중 유화가 14점, 그 밖에는 스케치와 수채화였다. 그 상자의 내용물을 검토하면서, 메호는 놀라운 것을 발견했다. 쟌의 대형 상자의 작품들 중에 'FH'라는 서명이 없는 것도 있음을. 호들러는 자신의 모든 작품에 서명하는 것에 익숙해 있지 않았다. 메호는 꿈을 깼다. 작품 중 아주 적은 수효의 것만 <쟌에게>라는 헌사가 붙어 있었다. 그것은, 중대하게도, 아내의 컬렉션의 가치를 떨어뜨려 놓았다.

그중 작품 하나를 찾아내, 그는 정말 웃음을 터뜨렸다. 그 통에서 아름다운 풍경 하나가 햇빛에 나왔다.
"봐요, 이것은 그분 물감으로 내가 그렸어요,"
"당신이?"
"우리는 싸웠어요. 누구나 그분처럼 그림을 그릴 줄 안다고 내가 그분에게 알려 주고 싶었어요."
메호가 웃자, 그의 몸이 흔들렸다. 그 바람에 그가 자신의 손에 들고 있던 터키풍의 작은 커피잔을 거의 쏟을 뻔했다.
"그 그림을 보고, 그분이 뭐라 하셨나요?"
"아, 그분은 만족했지요. 내게 누구나 나처럼 그렇게 그릴 수는 없다고 했어요."
쟌은 의미심장하게 그 논쟁을 끝냈다.
메호는 쟌이 그린 작품을 호들러 원작 작품 무리 속에 집어넣었다.
"그럼, 우리 봅시다, 어느 비평가가 저 가짜를 구분해 낼지."
시카고에서 아무도 그 눈속임을 알아차리지 못했다.

11. 자두브랜디

미국행 포장 이사를 준비하면서, 쟌과 메호 부부는 결혼식 손님들을 위해 조심스레 천으로 싸두었던 모스타르산 브랜디 남은 것의 마지막 한 방울마저 마셔 없앴다. 그 브랜디 병 옆으로 쟌이 메호에게 수술 뒤 걷는 법을 가르쳐 줄 때, 메호가 말로만 자랑했던 모스타르산 유명 와인 질라브카(Žilavka)의 큰 병이 놓여 있었다.

"질라브카는 천둥 번개같은 효과가 있어요. 그게 마시는 사람 목으로 넘어가면서 전혀 위험하지 않고, 매력적입니다. 하지만 그걸 마신 뒤 그 사람은 목소리가 커지고, 나쁜 말도 하게 되고, 억지를 상대방에게 강요하게도 만듭니다. 더구나 지난날 지급하지 못한 계산서 이야기까지도 발설하게 만들지요."

쟌은 이 환자의 상상력과 재미있게 이야기하는 능력에 매료되었다. 하지만 그가 한 말은 유명 보스니아 작가의 글을 따라 읊조린 것임을 그녀는 결코 알지 못했다.

세르비아군대 자원 입대병이던 그가 전문가인양 옥수수 알갱이로 만든 코르크 마개를 열어 그 술의 내음을 맡아 보았다.

내음을 깊숙이 들이마심.

그의 머리에는 가정의 여러 장면이 소용돌이처럼 떠올랐다. 그는 넥타이를 풀었고, 그 뒤를 이을 이야기는 공간이 필요했다.

쟌이 아직 젊은 신부였기에, 메호 강연은 불쾌하지 않았다.

그녀는 예술계에서 살았기에, 좋은 내음을 가진 리퀴르 술의 글라스를 핥으며 건드리는 것을 좋아했다. 낮에 열심히 일한 부부는 코냑으로 축배를 들었다. 샴페인은 중요한 전시 행사 뒤에 가장 맛이 있지만, 샴페인은 변명을 필요하지 않았다.

메호는 알코올 소비자와는 다른 전형이었다. 그는 전선에서 경험이 있었다. 그가 한번 브랜디 냄새를 맡아보면, 그 브랜디가 정원이 있는 자신의 집 자두나무들에서 지난해 9월 딴 것을, '훙가린(hungarino)' 라고 부르는 파란색의 두꺼운 과육인 자두를 따서 집에서 직접 제조한 것임을 곧장 알아차렸다. 그의 아버지 후세인(Husein)은 그 나뭇가지에 풍성하게 달린 과일들이 낙과하는 걸 방지하기 위해 손수 지지대를 설치해 그 가지들을 지탱한 그 자두나무들에서 딴 것임도 알았다.

그런 브랜디 술을 마시면, 메호는 말이 많아지고 역사의 실마리를 꺼내, 끈질기게 진실을 찾아내어 보려는 모습이 환상적으로 사업가 기질이 있었다.

브랜디 색깔을 보면, 그는 그것이 어느 브랜디 술통에서 나왔는지 알 수 있었다. 색깔로 그는 브랜디의 나이와 내력에 대해 말할 줄 알았다. 그는 술 향기로 브랜디가 두 번을 끓인 것인지, 세 번 끓인 것인지 분간할 수 있었다. 그는 브랜디가 제조될 때의 구리 솥의 바닥에까지 자두 끓인 죽이 달라붙었는지 아닌지를 말할 수 있고, 브랜디를 만드는 이가 그 솥에서 얼마의 양을 들어냈는지도 추측할 수 있었다. 그는 자신이 들고 있는 글라스의 브랜디가 초저녁에 만들었는지 아니면 이른 아침에 만들어 마지막 가마솥에서 나왔는지, 또 술을 만드는 이가 브랜디를 혼자 만들었는지, 조용한 성격의 제조자인지, 또는 친구가 많고 말이 많은 모임 중에 만들었는지를 평가할 줄 안다고 강조했다.

브랜디가 작은 물방울로 된 물이 들어갔는지, 큰 물방울로 된 물이 들어갔는지 느끼게 해 주고, 어떤 재질의 대롱에서 물방울이 만들어졌는지도 알 수 있다고도 했다. 브랜디의 힘은 나이테가 많은 소사나무 장작으로 빚었는지, 아니면 그 불길이 습한 아카시아 나무둥치들이 주는 영양분을 받았는지에 따라 다르다고도 했다.

메호는 방대하게 말하면서도 폴란드말 'vutkoj'과 러시아말 'votkoj'의 차이에 민감했고, 포도브랜디 'dalmata lozovaĉa'에 대해, 그리스말 양념술 'mastika', 독일말 술 'tritikinjo'에 대해 수필을 말하듯 하였다. 루마니말 술 'cujka'에 대해서는 그는 영사관에 공용으로 쓰려고 배달된 위스키에 대해서와 똑같은 양의 형용사들을 말하는 능력을 가지고 있었다.

그러나 모든 브랜디 중의 최고 중의 최고는 모스타르의 과수원의 수많은 나뭇가지에서 수확한 자두로 만든 브랜디라고 했다.

브랜디의 품질을 좌우하는 것은 꽃들의 향기와 꽃잎들을 날려 버리는 바람의 방향이란다.

"꽃이 너무 많이 달려 있으면, 그 과실들은 보잘 것 없는 과육이 될 것이고, 그러면 브랜디는 진한 맛을 내거든요. 같은 날에 바람이 꽃잎을 모두 없애버린다면, 아이들을 위한 마아멜레이드(설탕에 졸인 요리)를 만드는 자두마저 부족하게 되어요.”
“들여다볼 수 없지만, 법칙에 따르면, 자두나무들은 전쟁 이전의 해에는 특별히 풍부하게 과실을 만들어 주었어요. 여자도 여자마다 특징이 있듯이, 자두나무도 나무마다 달라요. 그 나무가 물에 가까운 장소에 있는지, 얼마나 많은 햇빛을 받았는지, 또, 아침 안개의 밀집도와 빈도수에 따라달라요”
아버지 후세인이 아들의 성년을 기념해 선물로 주신, 아름다운 상아로 만든 담뱃대에 메호는 담배를 다시 가득 채웠다. 그는 마실 때만 혀로 냄새를 맡고 핥아 본다.
“브랜디는 보스니아에서는 치료제이자 음식이라구요.”
메호는 브로디 ‘brodi’ 에 대한 자신의 이야기를 이어갔다.
그렇게 메호가 여러 가지 은유를 통해 자신의 능숙한 지식을 자랑하자, 쟌은 집에서는 남편의 긴 모노로그를 위해 보스니아어 브로디 ‘brodi’ 라는 말을 이미 익숙하게 사용했다.
작은 글라스에 남은 마지막 방울들을 들이킨 지금, 쟌은 셋째 잔 이후에 비워놓은 병이 몇 개가 되는지 세는 것을 이미 중단했음을 기억했다. 메호는 무겁고 서로 협동하지 않으려는 혀를 이용해 쟌에게 설명을 해갔다. 나중에 그 목소리는 그렁대며 공식적이고도 법학자 같은 모습처럼 마른 목소리로 말했다.
“1920년 1월의 개정된 헌법을 기초로 미국 연방 전역에 알코올을 불허한다는 법률이 도입되었어요.”

잔은 미국에서의 그렇게 개정된 삶을 예견할 수 있는 상상력을 충분히 갖고 있지 않았다.

“관습적으로 사람들은 법에 구멍을 발견하지요. 내 나라에서는 사람들이 그런 법들의 구멍 덕분에 여러 세기 동안 살아남을 수 있었어요.”

메호가 판결했다.

구멍들과 그 구멍에서 묘하게 빠져나옴에 관해선 그 부부는 이제 배우게 될 것이다.

12. 시카고에서의 전시회

그들이 미국 시카고에 도착했을 때, 마침 눈이 많이 내렸다. 쟌은 축축한 눈송이에 젖은 채, 영사관이 제공한 주거 공간에 만족하지 못하고 불평했다. 그러나 메호는 이보다 더 좋은 곳은 제공되지 않는다는 것과, 이 공간이 영사관보다 낫다고 신에게 맹세하듯 말했다.

그들과 함께 도착한 수많은 이삿짐 상자에 쟌은 특별히 관심을 두고 있었다. 그녀는 이곳에 정말 유럽풍의 가정을 꾸미기를 원했다. 호들러 컬렉션 대부분이 그녀와 함께 도착했다. 가장 귀중한 유화들은, 메호와 그녀가 미국으로 출발 전, 스위스은행 개인대여금고에 넣어둘 결정을 했다. 그들은 스위스은행의 대여금고를 신뢰했다.

다행히, 이사하는 동안, 도자기들을 담은 상자 하나가 깨진 것과, 미미가 안드레오 세라니와 쟌의 결혼식 때 기념으로 선물한, 바이올린 모양의 예쁜 그릇이 깨진 것 외에는 이삿짐의 손상은 없었다.

메호는 신생국이 새로 설립한 영사관을 정상화시키는 일에 온종일 분주했다. 그는 자신을 둘러싼 환경보다는 자기 동료들의 무능한 업무처리 능력 때문에 애를 많이 먹었다. 그가 업무를 마치고 귀가했을 때, 온종일 그의 주변을 헤엄쳐 다닌 드리나(Drina) -담배 냄새가 온몸에 진하게 풍기고 있었다. 헤르체코비나의 질 좋은 담배가 영사관에 "한 방울씩만" 배달되었다. 그래서 메호는 유럽에서 보내온 자신의 담배들을 구두쇠처럼 아꼈다.

주요 국경일에만, 예를 들어, 신성한 구원의 날(Sankta Sava)에는 그가 어디다 숨겨둔 고국의 담배를 몇 개비 꺼내, 자신의 동료들에게 위엄스럽게 내어주었다. 그리고 간단한 말로서 그 축제일을 축원하고는 담배 연기를 깊이 흡입했다.

쟌 자신은 아무 맛 없다고 생각한 신세계에서 방향을 잡는데 온전히 1년이 필요했다. 메호는 영사관의 도움으로 쟌의 집안일을 도울 폴란드인 도우미를 찾는데 성공했다. 그러나 쟌은 그 폴란드 여성 바르바라(Barbara)가 너무 일머리가 없는데도 그녀에게 주는 품삯은 너무 많다고 불평했다.

메호는 총알이 지나간 엉덩이가 아파, 불평의 소리를 더욱 내지르고 싶었다. 새로운 기후 조건이 그를 괴롭혔다. 그러나 그는 자신의 아내를 안정시키는데 애를 더 써야 했다. 시카고에서는 프랑스어를 말하는 도우미를 찾을 수 없었다. 쟌이 영어를 사용함이 더 낫지 않을까? 그러나 쟌은 영어 사용을 꺼렸다.

바르바라는 어려서부터 프랑스말을 사용했고, 시카고에 도착하기 전에는 파리에서 일했다고 했다. 그러나, 바르바라가 붉은 포도주가 담긴 글라스에 얼음 조각을 넣을 때, 그리고 그녀가 쟌이 지시하는 말을 잘못 이해한다는 것을 알아차린 이후에는, 바르바라가 파리에서 일했다는 경력을 전혀 믿지 않았다.

그러나 마침내 자신들의 거주지가 완비되어, 그녀는 자신의 취향대로 소파를 놓았고, 메호가 '꽃잎항아리들' 이라고 이름을 붙인 꽃병들도 제자리에 둘 수 있었다.

집의 거실 바닥에는 고향인 모스타르에서의 메호 가족이 직접 그들 결혼식 뒤 스위스로 보내온 카펫이 깔렸다. 메호는 그 카펫 역사도 길게 소개해 주었다. 이 카펫은 코라소(Koraso) 방식으로 직조되었다고 한다. 시장 상인은 이런 종류의 카펫을 보면, '장미 꽃잎처럼 가볍고, 물소 가죽처럼 질기고, 또 제국 황실 정원에 핀 꽃 같고, 영혼처럼 연약하다'고 강조하곤 한단다. 그는 이야기하기를, 이 카펫은 오메르(Omer) 총독 시절에는 사라예보에 있다가, 그의 증조부가, 오메르 총독 라타스(Latas)의 관할 군대가 스탐볼(Stambol)[55]로 돌아갔을 때, 그것을 모스타르로 가져 왔다는 것을 강조했다. 메호의 증조부는 그 카펫에 관한 이야기를 전혀 믿지 않았지만, 집에 필요해 그 카펫을 보관하고 있었다. 그 카펫은 개처럼 정말 충실했다. 아버지는 나중에 그 카펫을 아들 결혼식 때는 잊고 있었다. 그러고서 아버지는 집에 보관하고 있는 카펫을 스위스에서 다시 보겠느냐고 편지로 아들인 메호에게 물었다. 다시 본다는 것은 소유하고 싶다는 것이다. 메호는 그렇게 하고 싶다고 했고, 그래서 그 카펫은 모스타르를 떠나, '이브릭 ibrik'[56]이라고 부르는 구리 성배(聖杯)와, '필자니 filĝani'[57]라는 이름의 찻잔들과 함께, 스위스로 보내진 것이다. 찻잔들을 걸어 두는 찻잔 걸이는 모스타르의 '쿠윤자이kujunĝaj'[58]라는 장인이 직접 구리철사로

55)주: 이스탐불

56)주: (터키어)구리 그릇, 위는 좁고, 부리와 손잡이가 있다. 물이나 커피를 붓는데 사용한다.

57)주: (터키어)손잡이 없는 찻잔. 그 잔으로 터키커피를 마신다.

만들었다고 한다.
그 카펫은 정말 아름다웠다. 집안의 돌보미 바르바라 조차도 시카고의 집 뒤편의 눈 덮인 정원에 그 카펫을 펴놓고 제 색깔을 내려고 문질러 청소할 때 카펫에 대한 감탄을 자아내었다.
그 카펫을 깔고 그 위의 작은 탁자에 모스타르에서 가져온 구리 컬렉션이 놓이자, 메호는 이 작품들을 보면서 휴식을 즐기고 있었다. 그는 이곳, 시카고에서 자신의 손에 그 유명한 찻잔을 집어 들면 '쿠윤자이 장인'이 그 작품을 만들던 소리를 들을 수 있다고 강조해 말했다.
쟌이 화가 호들러에게 선물로 받은, 두 눈은 좀 옆으로 향한 채 있는, 호들러 자화상이 그와 같은 '터키풍의 물건들'과 충분히 위엄 있는 거리를 두고 벽면에 걸려 있다. 그 호들러 화가의 자화상에서는 호들러가 무슨 일이 일어났는지를 확인하듯이, 고개를 약간 돌린 모습이기에, 메호는 그 자화상에 **'초상화-당신은-무엇을-보고-있어요?'** 라고 별명을 붙였다.
1921년 메호는 시카고 아트클럽(Art Club of Chicago)에서 쟌의 컬렉션 중 호들러 작품만으로 소규모 전시회 형태로 개최하는 일에 성공했다. 조촐한 카탈로그가 준비되고, 카탈로그에는 14개의 유화 작품이 사진으로 인쇄되었다. 쟌은 메호와 합의를 했다: 그들은 그 작품들이 팔 기회가 생기면, 새 나라에서의 재정 상황을 개선할 의도로 판다.

58)주: (터키어) 금붙이 세공업자

그녀가 모습을 보여야 하는 행사나 축제마다 그녀가 쓴 모자는 너무 눈에 띄었다. 지금, 그 전시회의 개회식을 앞두고 그녀는 가장 시대를 앞서가는 모자를 사용할 권리가 있었다. 그녀가 정말 주인공이었다. 시카고 클럽의 벽면에 걸린 작품들은 그녀 소장품일 뿐만 아니라, 그중 많은 것이 그녀 자신을 그린 작품들이다.

시카고 전시회에 참관하러 온 사람들이 많지는 않았다.

"시카고 사람은 초콜릿이 무엇인지 모르는구나."

그렇게 메호는 돼지와 진주에 대한 속담을 언급하며 그렇게 한숨을 쉬었다.

그런데, 디트로이트 예술연구소에서 가장 진지한 관찰자를 보냈다.

그 사람은 전시관을 둘러보더니, <잔 샤를 초상화>라는 제목의 작품 앞에 멈추어 섰다. 그는 말없이 그 작품을 주시하고는, 작은 카탈로그에서 그 작품 가격을 살펴보고는 수표를 작성하려고 아름다운 갈색가죽 통에서 만년필을 꺼냈다.

쟌은 만일 전시작품 중 뭔가 팔린다면, 그녀가 사고 싶은 물품 리스트를 이미 집에서 작성해 두었다. 먼저 캐나다산 여우 밍크 외투를, 둘째로는 캐나다 여우 가죽 모자를, 세째는 캐나다산 여우 손지갑을……

"당신은 이제 캐나다산 여우가죽을 전부 착용하겠군요. 캐나다는 당신이 필요한 만큼의 여우는 가지고 있지 않을 거요."

가죽 남성복과 가죽 여성복의 차이에 대해 그녀 설명을 더는 듣고 싶지 않은 메호가 날카롭게 힐난했다.

메호 의식 속 여우는 수탉을 훔치고 있다. '그리고 만일 이미 가죽 외투가 필요하면, 그때, 여우보다 더 구하기 힘든 것이었으면.'

"맨 먼저 우리는 여우 제품을 얻기 이전에 전기 요금을 내야 할 거요."

그는 이 나라 겨울은 스위스보다 더 춥다는 그녀 불평을 생각하며 암시적으로 말했다. 그리고 그녀가 절약하지 않은 것과, 전기 히터를 그녀가 쓰는 것에 대해.

디트로이트에서 온 그 신사는 전시회장에 우연이 아닌 채 둘러 봤음은 분명했다. 그는 자신이 무엇을 원하는지 알고 있었다.

쟌은 울먹이는 것을 참으려고 전시회장을 나왔다. 메호는 그녀를 노예시장에서 노예를 팔 듯, 눈썹도 까닥하지 않은 채 그녀를 팔았다.

쟌은 자신의 초상화를 구하기 위해 여우 제품을 사는 것을 포기할 결심을 하고, 울음을 참고 다시 전시공간으로 들어섰을 때, 그 신사는 자신의 팔 아래 작품을 구입한 상자를 챙겨 이미 자리를 뜨고 없었다.

"그 신사가 얼마를 지불했나요?"

"우리가 합의한 대로."

메호는 전문가처럼 말하고는, 그녀에게 수표를 보였다. 그 합계는 쟌에게는 아주 보잘것없는 값이었다. 여우 제품의 소매 한쪽도 구입하기 어려운 액수였다.

"우리가 실수했어요. 우리는 너무 낮은 가격으로 표시했어요."

잔은 울먹이고는 기침했다. 그 기침은 끊이지 않았다.

한 시간 뒤, 그녀는 온몸에 열이 났다. 그녀는 아팠고, 계약하는 자리에서 물러나야만 했다.
"난 자신의 기분에 따라 열을 내는 여자를 본 적이 없어."
메호는 큰 소리로 불평했다.
고열의 쟌은 며칠간 누워 있어야 했다. 그녀가 전시회에 돌아 왔을 때, <마티아스 모르하드의 초상화>,<무한으로의 시선>, <낯>, <아이>, <버드나무>, <죽어가는 여인>이 사라지고 없었다.
메호는 만족한 듯 자신의 두툼한 지갑을 보였다. 쟌은 지갑을 흔들고 있는 그를 바라보는 것도 내키지 않았다. 왜 전시 중인 작품이 팔리면, 곧 떼 내라고 그이가 허락했는가? 그것들은......전시회가 끝날 때까지는 남아 있어야 했다.
"누가 <죽어가는 여인>을 사 갔나요?"
쟌은 거의 소리가 나지 않은 목소리로 물었다. 메호는 아무 질문에도 답할 수 없었다. 그는 구입자에 대해서는 관심이 없었다. 그에겐 작품들이 장래에도 걸려 있어야 할 곳이 어디인지에 대해 중요하게 생각하지 않았다.
쟌은 자신의 죽은 몸을 남편이 판 것과 같은 느낌을 받았다. 그녀는 <죽어가는 여인>이라는 작품에서 헥토르의 병든 곳에서 죽어가는 엄마가 아우구스티네인지, 발렌티네였는지, 알지 못하는 여인인지를 이젠 영원히 풀 수 없는 문제가 되어 버렸다. 그녀는 헛되이도 자신이 호들러의 아틀리에에서 미술품을 가져갔을 때를 기억해 보려고 했다. 지금 그 질문에 대한 답은 영원히 잃어버리게 되었다. 그 작품은 그녀에겐 지금 없다.

“내일은 내가 전시회장을 지킬 거예요! 난 건강을 완전히 회복했어요. 당신에겐 감자 파는 것도 시키면 안 되겠어요.”

메호는 마음이 상한 채 자리를 떴다.

쟌은 출입구에 앉아, 무엇을 구할 수 있는지를 결심했다. 비록 앞으로 팔 작품들이 걸려 있는 전시회를 그녀가 생각함에도 불구하고, 지금 그녀는 자신이 강탈당한 느낌이 들었다.

디트로이트에서 온 그 우아한 남자가 다시 나타났다. 그는 자신이 원하는 바가 무엇인지 알고 있었다. 그는 곧 1912년에 그린 화가 호들러의 자화상 작품 앞에 멈추었다. 그 작품을 메호는 **<초상화-당신은-무엇을-보고-있어요?>**라는 이름을 붙인 작품이다. 그리고 그 작품을 즐겁게 쳐다보고 있었다.

“죄송합니다. 카탈로그에 실수가 있었습니다. 이 초상화는 팔지 않습니다.” 쟌은 그 신사의 열성을 파악하고는 곧 다가갔다.

신사는 그러시면 안 된다며, 지난번에 자신이 카탈로그에 표시된 가격으로 어떤 작품을 샀다고 말했으나, 어느 작품이 구입하기에 좋은지 확인하는데 많은 시간이 걸렸다고 했다.

우아한 부인은 프랑스 악센트로 끈질기게, 또 아름답게 그 초상화는 팔 수 없다고 했다.

신사도 물러서지 않았다. 그래서 아트 클럽 대표가 개입했지만, 소용이 없었다: 전시된 작품들은 그 안주인의 소유물이니, 그녀가 결정한다.

그 신사는 호들러 초상화를 소유하고 싶었다. 그는 아트 클럽에서 나와, 메호가 도로로 나오기를 기다렸다. 그는 남자들끼리 문제를 해결하고 싶었다. 최고 재판정이 된 메호는 2시간 뒤에 왔다. 신사는 자신이 호들러 초상화를 구입하러 왔다고 설명했으나, 그 자리를 지키는 부인이 잘못 전했다면서, 호들러 초상화는 판매할 수 없다고 선언했다.

메호는 깜짝 놀라며 이렇게 말했다.

"만일 그 부인이 선생께 그 초상화는 판매할 수 없다고 말했다면, 나는, 아쉽게도, 도와드릴 수 없습니다. 그 초상화 결정권은 그녀에게 있습니다. 죄송합니다."

"만일 언젠가 그 부인이 자신의 의견을 바꾼다면, 제가 제 명함을 두고 가도 되나요?"

"이미 선생의 명함을 갖고 있습니다. 감사합니다. 제가 그 부인을 아는 한, 자기 의견을 바꾸지 않을 것입니다." 신사의 간청으로 가득하던 눈길이 이젠 마음을 접어야 하는 상황으로 바뀌었다.

메호는 자기 아내를 잘 알고 있었다.

그녀는 자신의 의견을 절대로 바꾸지 않았다. 그녀는 어떠한 태풍이 닥쳐와도 그 초상화를 지킬 것이다. 죽는다는 것은 어렵지 않다. 벽에 걸린 호들러의 초상화를 떠나는 일이, 내친다는 것이 어려운 일이다.

13. 여러 번의 이사

베오그라드 정부가 메호에게 시카고에서 뉴욕으로 전출명령을 하자, 1924년 12월 그들 부부는 뉴욕에 도착했다. 쟌은 격하게 바르바라와 작별인사를 했다. 바르바라는, 비록 쟌이 한 번도 진지하게 칭찬하지 않았지만, 그동안 계약을 포기하기에는 아까운 도우미로 발전했다. 메호는 처음의 바르바라와 비슷한 조건의 도우미를 뉴욕에서도 찾기를 희망했다.

뉴욕이 그들 앞에 펼쳐지자, 그들은 곧 호들러를 기억해 냈다. 여기 대중이라면 호들러의 가치를 제대로 평가해주리라!

더구나, 캐나다산 여우로 만든 아름다운 가죽 외투는 아주 센스있게 보였다: 그 외투는 그새 나이를 먹었고, 시카고에선 시대를 앞선 패션이었지만, 두 해가 지난 지금은 쟌에겐 '옛것이 된' 이라는 표현은 좋아하지 않고, 그걸 간단히 '철 지난 것' 이라고 이름 지었다.

미미에게서 편지가 왔다. 스위스에서의 대단한 소식이 들어 있었다: '베르데 호들러(Berthe Hodler)가 발렌티네와 페르디난드 사이에 난 딸인 파울리네를 공식적으로 양녀로 입양했다며, 그 아이가 지금 베르테의 집에 살고 있다.' 고 했다.

"흥미로운 일이네! 상속권을 연결시키려는 교묘한 여성이네요."
쟌이 메호에게 코멘트했다.

'에밀리에 호들러가 <헥토르 호들러 유산 재단>을 설

립했다.’ 고 했다.
미미는 쟌이 떠나기 전, 에밀리에 대해 아무 아는 바 없다고 말했던 것을 잊었다.
메호도 편지쓰기를 좋아하게 되었다.
그는 1924년 고향 모스타르의 친구인 미르사드(Mirsad)에게 편지를 썼다. 사냥매들을 보러 드레즈니차(Drežnica)에서 숲 탐사를 함께 하던 옛 친구였다.
‘올 가을에 나는 호들러 작품 전시회를 열 계획이네. 그 작품들이 국가 공무원 자리를 벗어나게 해 주고 또, 나의 이곳에서의 다양한 괴롭히는 사람들로부터 벗어나게 해주는 내 유일한 희망이네.’ 라고 썼다.
전시회는 아트센터(Art Center)에서 개최되었다. 그 전시회 행사는 1927년 <아트센터 불레틴>(Art Center Bulletin) 잡지에 소개되었다. 그 전시장의 설치자가 조명을 제대로 처리하지 않아, 쟌이 그 설치자와 싸웠다고 전했다. 그것을 우리는 추측만 할 수 있다. 그녀 취향이 그 아트센터 이사의 취향과 맞지 않았음은 확실했다. 그녀의 전시장 설치에 대한 지식은 대단하지 않았음도 확실했다. 왜냐하면 ‘F’는 자신의 전시회를 언제나 혼자 설치하였기에, 만일 ‘F’의 아내가, 전시회 마지막 날, 살롱에 나오지 못하는 경우, 모델인 쟌이 점잖게 하고 아름답게 모습을 보이는 것만 필요할 때, 그때야 보통 쟌은 그 전시회의 살롱에 나타났다.
쟌은 자신의 귀로 직접 여기에는 별로 중요한 작품은 없구먼, 덜 중요한 작품만 전시되어 있는구나 라고 들었을 것이다. -정말 필시. 그러자 쟌이 ‘kiĉemo’ 라는 날말로 혼잣말을 하며, '감상능력도 없는' 관객이라고 그 관객을 비난해도 관객은 그 말뜻을 몰랐으리라 하는 점은 상상이 된다.

대중은 페르디난드 호들러 자체를 더 보고파 한다는 말이 맞다.

그러나 그는 이미 7년 전부터 제네바 묘지에서 누워 있다. 그 도시의 영예 시민들이 영면해 있는 그곳에.

이 전시회 판매는 그리 좋지는 않았다.

뉴욕에서의 생활도 그리 나은 편이 아니었다. 쟌은 자신의 머리카락이 뉴욕 수돗물이 나빠서 옅어졌다고 강조했다. 그녀가 카밀러(kamille) 차에 적신 두 개의 면포를 눈 주위에 붙인 채 소파에 규칙적으로 앉았음에도 불구하고, 자신의 눈 주위의 둥근 주름은 사라지지 않으려 했다. 그 면포는 얼굴 주름을 완화해 주었지만, 그 효과는 그리 만족스럽지 못했다. 스위스에서는, 반대로, 스위스 제품들은 대단한 결과를 주었는데도.

세르비아-크로아티아-슬로베니아 왕국의 총영사관은 몬트리올에도 공무원이 필요했다. 메호가 캐나다의 그 자리를 메꿔, 캐나다가 그에겐 둘째 비유럽 주재국이 되었다.

몬트리올에서 메호는, 여러 해의 전쟁과 쟌과의 만남으로 중단된 법학 공부를 다시 시작해 마무리할 결심을 했다. 그는 메호가 자랑한 스위스의 학기들에 비해 열성이 상대적으로 낮은 채로 몬트리올 대학교를 상대로 성공적으로 학업을 이어갔다. 마침내 그는 자신의 첫 학년들을 유효하게 하는 데 성공했다. 그는 배우기 시작했고, 시험도 치렀다.
잔은 대학생과 함께 산다는 사실이 좋았다. 그녀가 그 말을 하는 동안, 그녀는 의미심장하게 살짝 웃었다. 자신들의 자녀 계획에 대해 메호 부부는 결혼의 첫 몇 년에는 여전히 고려하지 않았다.
1929년, 베오그라드는 자신의 공무원 메흐메드 치시치를 몬트리올에서 본국으로 소환했다. 그를 기다리는 자리는 외무부였다. 그는 외국에서 거의 10년 세월을 복무했다. 다른 대륙에서의 두 번의 복무도 지나갔다. 고향에서 자신의 마차를 끄는 것이 필요했다.
그는 그런 생각에 열성적이지 않았다. 그녀는 더 관심이 없었다. 다행히 잔에겐 그 나라가 더 간단한 이름으로 다가왔다. 유고슬라비아.
대단한 포장 이사가 시작되었다.
'외교 행낭'이라는 표지 아래 조심스럽게 여우 가죽에 싸인 채 호들러의 컬렉션이 대서양을 건너 유럽으로 다시 돌아왔다.

14. 베오그라드에서

빌라 정원에서 쟌은 도우미 사바Sava에게 두꺼운 장식용 유리구슬 3개를 어디에 찔러 넣어야 하는지 그 방법을 알려주고 싶었다. 정말 두 사람은 장미나무 화단을 아름답게 가꿀 수 있었을 것이다. 왜냐하면, 손님들이 며칠 뒤에 올 것이고, 정원이 계속 좀 정리되지 않은 것처럼 보였기 때문이었다.

메호와 쟌은 자신들의 집에서 자신들의 본국 귀환을 기념해 귀한 손님들을 초대해 대접하기로 하였다.

"내 작은 소시지를 지켜!" 그런 말이 갑자기 그녀의 귀에 들렸다.

세르비아말을 그녀는 말할 줄 몰랐지만, 메호를 통해 알게 된 몇 가지 욕설만 거의 잡을 수 있었다. 그러나 그 메시지를 그녀는 전혀 해석할 수 없었다. 그녀는 '지켜'와 '나의'와 '작은 소시지를'에 해당하는 각각의 말은 무슨 뜻인지 알았지만, 그 낱말들의 합성은 무슨 말인지 뜻을 이해하지 못했다. 혹은, 그럼에도 뭔가 있을까? 그 문장을 말한 이웃 사람은 발코니에 서 있는 아이에게 몸을 돌렸다.

그녀는 믿을 수 없었다: 그게 '내가 내 배를 채우기 위해 지켜온 그 작은 소시지를 다른 이가 먹으면 안 된다는 그런 뜻인가?'

그녀는 정원을 정리하는 계획에 다시 집중했다. 스위스, 미국과 캐나다의 겨울을 지낸 뒤, 그녀는 메호의 동료들을 위해 오월의 정원 축제를 조직하는 것이 아름답게 되었으면 하고 상상했다. 그리고 특히 그 동료들의 아내들을 위해서. 그녀가 처음으로 빌라의 1층 뒤편엔 아직 가꾸지 않은 정원이 있는 새 거주지를 보았을 때, 그녀는 이 정원에서, 라일락들이 필 때, 잔치를 한번 조직하는 것도 가능할 것 같구나 하고 상상했다.

그녀는 자신에게 메호가 소개할 고위직 명단을 통해 세르비아에 대한 첫 수업을 갖게 되었다.

유고슬라비아 왕 알렉산드로(Aleksandro) 제1세 폐하

베오그라드 시장 마노일로 라자레비치(Manojlo Lazarević).

재무부 장관 밀로라드 도르데비치(Milorad Dordević).

교육부 장관 일리야 주마코비치 박사(D-ro Ilija Žumakvić)

과세 담당 장관 라자르 라디보예비치(Lazar Radivojević)

유고슬라비아왕국 로마 주재 대사 밀란 라키치(Milan Rakić).

유고슬라비아왕국 베를린 주재 대사 지코인 부루그드지치(Žikojin Bulugdžić).

그녀는 그들의 이름에 붙은 장식에 대해 이미 잘 배웠다. 그 나라에서 그것은 중요했다. 메호는 그가 자신의 성명 중 성(姓)의 장식에 대해 설명했을 때, 스위스에서의 병원 정원에서 여전히 장식들에 대해 '강연했다'. 그러나 그때 그녀는 그의 입을 좀 재미있게 쳐다보았다.

지금 메호는 자신이 초대할 동료들 명단을 만들고 있다. 쟌은 좀 국제적이면서도 세르비아풍의 메뉴카드를

함께 넣었다. 그 새 도우미, 좀 뚱뚱한 밀레바(Mileva)는 깃털솔로 램프들과 미술작품 테두리에 거미줄을 청소하는 막중한 임무를 맡았다.

쟌은 살롱에 있는 초상화 위에서 호들러 콧수염을 솔질하는 밀레바가 좀 너무 오래 즐기고 있는 것을 싫은 듯 보고 있었다.

그 초대가 있은 뒤에서야 비로소 그녀는 외무부에서 메호가 얼마나 낮은 위치를 점하고 있는지를 이해했다. 왜냐하면, 그 참석한 사람들이 아주 낮은 수준의 대화를 이어가고 있었기 때문이었다.

여성들의 토론도 감흥을 불러일으키지는 못했다. 그들 의복은 값비싼 것이었지만 어떻게나 세련됨은 부족했다. 그들이 쓰는 '엘리다(Elida)' 라는 비누의 장미향과, 작은 제비꽃향은 너무 강했다. 아주 좋아한다는 향수도.

쟌은 프랑스 패션잡지와 캐나다에서 가져온 옷감으로, 주름치마가 달린 새 의상을 -또, 베오그라드 패션디자인의 거장인 그라예브스카(Grajevska) 부인이 만든- 입었다. 그 패션 디자이너의 여성 도우미들은 따뜻하게 하는 숯 때문에 연기가 나는 무거운 다리미를 능숙하게 사용할 줄 알았다.

메호는 쟌에게 유고슬라비아로 출발하는 길목에서, 그녀더러 이젠 지금까지의 패션은 잊어야 한다고 꼭 집어 말했다: '스페인 독감' 이 전쟁의 고통으로 약해진 수도 베오그라드 시민들을 심하게 괴롭혔는데, 그 시민들이 자신을 방어하는 것이라곤 마늘, 식초와 미나리(커민)로 만든 마스크였다. 베오그라드 시민들은 전쟁 뒤 외국에서 구호물자로 받은 '부렛bouret' 옷감을 입고 다녔다. 주민들이 뭔가 따뜻한 것을 먹을 기회를 가지도록, 또 굶주린 사람들이 빵 덩어리라도 가져와, 자신의 빵을 먹을 수 있도록, 그렇게 동전을 절약할 수 있도록 '대중 부엌'를 설치 운영했다. 사람들은 우유보다는 알코올을 더 많이 마셨다.

전쟁이 끝난 지 몇 해가 지나지 않은 때에 쟌은 그곳에 도착할 것이다. 쟌은 왜 베오그라드 여성들의 푹 파인 어깨가 그렇게 깊은 줄을 몰랐다. 옷감이 부족했다. 더구나 사람들은, 파리에서 매독 치료제가 개발되었다고 이미 속삭이기 시작했다.

그 초대 행사를 통해 그녀는 수많은 소식도 접했다.

"스테바 아저씨의 딸 밀라가 자기 남편에게서 달아났다고 해요. 하, 세상 사람들이 뭐라 말하겠어요?"

"며느리 조르카가 쌍둥이를 낳았대요."

"페라가 승진했어요. 도코가 아프게 되었어요. 요바가 다른 도시로 전근되었대요. 사브카가 머리카락을 잘랐대요. 율카가 주름진 중국 비단으로 옷을 지었고, 안카 숙모가 복권에서 200디나르를 벌었다네요" 라고 했다.

왕자 페타르(Petar)가 산책하는 아동용 '작은 울타리'에 대한 많은 찬사가 있었다. 그 '울타리' 사진은 신문에 발표되었다.

사람들은 도르제 네쉬치 박사(D-ro Dorĵe Nešić)가 눈으로부터 어떤 종류의 철성분도 자석으로 빼낼 수 있게 될, 새 자석 도구에 대해 희망 섞인 말을 했다. 그리고 그 박사는 대학교의 의학부 교수 자리의 후보가 된다고 했다. 그리고 쟌이 그들이 대화 속에서 제대로 이름을 듣지 못한 어느 신사가 제네바에서 열린 국제노동회의에 세르비아-비잔틴(Serbo-bizanca) 스타일의 완벽한 조각 가구를 기증했다고 했다.

또 장관 이름이 너무 급히 발음되는 바람에 잘 듣지 못한, 어느 장관 부인이 새로 '에이스카스텐Eiskasten'[59]을 구입했다고 하고, 한편으로 사람들이 말하기를, 미국 제너럴 모터스 공장에서 오랫동안 음식을 신선하게 보관하게 되는 '프리기디아이레frigidiaire'라는 이름의 기기를 고안해냈다고 했다. 그 새 기기들에 대해 말하면서, 이미 귀에 꽂는 도구를 이용하지 않고서도 들을 수 있는 라디오 수신기가 존재한다고 했다. 그러나 사람들은 그 라디오의 단추 한 개만 누르면 방 전체까지 들을 수 있게 된다고 했다.

그리고 재무부 장관의 가족 밀란 스토야디노비치(Milan Stojadinović)가 이미 필립스(Phillips) 제품을 샀는데, 그게 두 사람의 평균 급료에 해당한다고 했다. 더구나, 아주 더 낮은 목소리로는, 그 장관님은 그 라디오-회사 주식을 300주 보유하고 있다고 덧붙였다.

그때 대화는 영화로 옮겨 갔는데, 사람들은 초기의 영화들에 대해 말하고는 웃었다. 베오그라드에서는 몇 년 전에야 비로소 그 영화들이 커피점들에서 소개되었고, 대중은 감동적인 장면을 보며 같이 울었다고 했고, 눈물이 '체바프치치(ćevapčić)[60] 살코기에 떨어졌고, 먹는

59)주: (독일어)냉장고

즐거움을 망쳤지만, 지금은 전혀 그렇지 않다고 했다.
사람들은 '비오스코프(bioskop)' 61)에서 먹지 않는다. 그리고 부인들은 <피크 귀족 부인>, <타라스 불랴(Taras Bulja)>, <낙타를 탄 귀족 부인>, <목동 코스탸> 영화를 두고 토론했다.
베오그라드의 대형극장에서는 브라니슬라브 누시치(Branislav Nušić)의 희극이 공연되었다. 그리고, 생각해 보라, 그 작가는 자신의 작품에서 이렇게 말했다고 한다. '전쟁 전에는 여인들의 치마, 머리, 결혼과 의복이 길었지요. 전쟁이 끝난 뒤, 그것들은 짧아졌다네.'
그러나 그녀 살롱에 앉아 있는 젊은 남자 이보 안드리치(Ivo Andrić)는 보스니아 출신의 시인이고, 자그레브에서 시집을 발간했단다. 그는 아내가 없고, 보스니아에 그는 레오폴디나(Leopoldina)라는 여교사를 사귀었는데, 소문엔, 결혼을 앞두고 파혼했다고 했다.
쟌은 더욱 흥미로운 뭔가가 있는지 들어 보려고 남자들이 모인 곳으로 산책 삼아 가보았다. 남자들은 그 안주인을 좋아했고, 그 사람들의 눈길에서 자신을 추겨세우는 메호를 부러워했다.
방금 파리에서 귀환한, 메호의 상관 직원은 자신의 윗도리 호주머니에서 비단 손수건을 잘 보유하는 법을 알고 있었다.
메호의 동료 안드리치는 그녀에게 특별히 관심을 보였다. 그는 '아주미-오글란(adžumi-oglan)' 제도에 대해

60)주: (터키어)구운 숯 위에 굽히는 고기조각
61)주: (그리스어)움직이는 그림을 보여주는 도구, 영화관

말하고는 프랑스인 안주인 쟌에게 그것이 무엇인지 친절하게 설명해 주었다. 오스만제국이 지배하던 동안 터키사람들은 그 지역에 사는 10살에서 15살 사이의 아이들을 뽑아 이스탄불로 데려가, 그곳에서 그 아이들을 이슬람식으로 훈육했다. 그 아이 중 몇 명은, 오스만제국의 용감한 군인이 되어, 자신의 고향 지역에서 몇십 년 지난 뒤 고향으로 돌아와, 뭔가 기념물을, 우물을, 다리를, 궁전(후궁)을 설치하였다.

예를 들어, 무하마드 총독 소콜리치(Sokolić)는 비세그라드(Bišegrad)의 드리나(Drina) 강 위에 다리를 건설했다. 왜냐하면, 어린 시절, 그는 그곳 산에서 자랐기 때문이었다. 가정에서 데려간 그 아이가 나중에 군인으로, 또 대장까지 승진하고, 나중에는 슐탄의 사위가 되었단다. 그는 나중에 어느 미친 수도승의 칼에 살해당했다고 했다. 3백 년 전의 일이었다.

“그 다리는 지금까지 남아 있나요?” 쟌은 모르는 것이 당연했다.

“그 다리는 단단히 수백 년 동안 서 있었으나, 지난 전쟁 때 오스트리아-헝가리 군대가 이 다리를 부숴버렸답니다.”

쟌은 그런 이야기를 듣고 있었다. 그 신사는 아주 잘 관리된 손과 하얀 이를 가지고 있었다. 마치 그는 담배를 피우지 않는 듯이. 담배 연기를, 마치 건강 자체인 양, 깊이 들이마시는 열정적 흡연자들이 모인 모임에서 걸출하게 서 있었다. 쟌에게는 안드리치씨가, 다른 여인들에 비교가 될 정도로 형용사를 사용하지 않았다.

그런 대화 뒤에, 또 메호에게 날개를 달아주는 브랜디를 절약할 필요가 없다는 사실 때문에 그녀는 욕실로 피곤한 채 물러 났다.

그곳에서 쟌은 그 물이 그 '바름warm과 칼트kalt[62]가 써진 수도꼭지에서 나와 대형 수조로 물이 어떻게 가득 채워지는지 내려다보고 있었다. 그녀는 아바지아(Abbazia)[63]에서 말린 라벤다꽃 한 팩과 함께, 구입한 바닷소금 한 줌을 물속으로 집어넣었다. 반면에 메호는 캐나다에서 출발해 귀환 길의 도중에, 그곳 아바지아에 잠시 머물면서 베오그라드에서의 업무를 시작하기에 앞서 자기 아내에게 아드리아해(Adriatiko) 협죽도들을 보여주었다.

쟌은 메호에게 그 흥미로운 인물 이보 안드리치 씨를 다시 초청할 기회를 만들자고 요청할 결심을 했다. 그는 그렇게 대접받을 만한 인물이었다. 메호는 그에 대해 알고 있는 이야기들이 많았다. 로마와 부카레슈토에서 근무했다고 했다. 로마를 그는 '말라리아 교황 보금자리' 라고 이름 지었고, 부카레슈토는 폐결핵을 앓고 있는 그에겐 '건강에 도움이 되고, 신선한 도시로' 또 '미친 삶과 어처구니없게도 정숙하지 못한 도시' 로 평했다.

그리고 메호는 주제를 바꾸고 싶어했다. 그는 안드리치가 승진할 것이고, 그가 이미 다른 자리에 임명되었다고 했다. 그는 곧 국제연맹의 유고슬라비아왕국을 대

62)주: (독일어)온수-냉수
63)역주: 서부 크로아티아 도시

표하는 상임대표단 사무총장으로 제네바로 곧 떠날 것이라고 했다. 메호는 쟌에게 헛된 그리움을 불러일으키지 않으려고 '제네바' 라는 낱말을 피하고 싶었다.

쟌은, 욕조에 누운 채, 목욕할 때는 숨길 수도 없는 자신의 살진 몸에 놀랐다. 배가 특히 몰라볼 정도로 마치 그게 그녀 자신의 것이 아닌 듯이.

"내일부터 다이어트를 해야겠어. 한 방울의 브랜디도 이젠 안돼. 빵도 이젠 안돼." 그녀는 자신에게 명령했다.

그녀는 눈 위로 면수건을 걸치고는 안드리치가 제네바로 여행하는 것을 생각해 보았다. 그녀는 제네바에서 베를린으로 페르디난드 호들러가 베를린 회의에서의 전시를 위해 떠나던 날의 저녁을 생각해 냈다.

그로부터 정말 많은 세월이 흘렀던가?

15. 모스타르(Mostar)로 가는 도중에

메호는 모스타르의 본가로 가, 아내 쟌을 아버지에게 인사시키러 데리고 갔다. 아버지 댁에서 그들은 1938년 그해 여름 휴가를 보낼 것이다.

쟌은 시아버지 후세인이 모스타르 시장으로 은퇴하신 걸 알고 있었다. 시아버지는 초록색 서류파일들로 그 도시 역사를 열정적으로 정리하고 기록해 두었다. 오스만제국 시대부터 정리해 놓은 그 역사 자료는 두꺼운 줄로 묶은 8개 서류파일에 담았는데, 세기별로 2개씩 준비해 놓을 만큼 방대했다. 그 파일 안에는 모든 가능한 것이 있었다.

예를 들면, 메트코비치(Metković) 출신 미녀인, 비첸자 마툴리치(Vicenza Matulić)을 잠깐이라도 보려고 남자들이 그녀 집 앞의 창가에 줄을 섰을 정도였다고 기록되어 있었다. 그녀가 이듬해 미망인이 되고, 사라예보로 이사 간 뒤로는 그 인파 행렬이 중단되었단다.

메호 부부는 사라예보 출발-모스타르 도착의 기차 편으로 도착했다. 옛날에는 모스타르는 사라예보에서, '코낙Konak)[64]이라는 단위로 표현하자면, 세 코냑에 해당하는 시일(3일)을 지나야만 도착할 수 있는 거리였다. 요즈음 생활은 훨씬 더 빨라졌다. 사라예보에서 기차로 오전 8시 10분에 출발하면, 모스타르에는 오후 16시 32분에, 열차 시각표에 따르면, 도착하는 것으로 되

64)주: (터키어) 여기서는 한밤중에서 다음날 한밤중까지의 시간을 표시하는 시간단위.

어 있다. 그러나 보통 90분 정도는 연착한다.
쟌이 기차 계단을 오를 때 문제가 생겼다. 왜냐하면, 그녀 치마가 좀 짧았다. 치마가 예의에 맞지 않게 무릎 위에 산책하고 있을 만큼 짧았다.
그녀는 행인들의 눈길에서 그 장면을 불편하지 않게 하려고 조심했으나, 바로 그때 그녀 구두의 뒤축이 계단 구멍에 걸려 그녀를 -오도 가도- 못하게 했다. 메호는 붉은 모자를 쓴 젊은 역무원이 그 기차를 남으로 향하는 출발신호기를 위엄스럽게 올리기 전에, 자신의 아내를 그 덫에서 빼내 주려고 서둘러 도와주었다.
쟌은 짐꾼이 그들 머리 위 선반에 가죽가방 3개를 제대로 놓았는지 체크하려고 세어 보았다. 메호는 자신의 지팡이를 객실 내 한 모퉁이에 기대 놓고는, <폴리티카(Politika)>[65] 신문을 펼쳤다. 쟌의 건너편에 앉은 남자는 자신의 눈길을 차창 너머로 두려고 했으나 번번이 실패했다. 그곳에 흥미로운 것이 없자, 그 눈길은, 마아멜레이드에 다가가는 파리처럼, 프랑스어로 말하는 여성에게 되돌아 왔다.
알리파신 모스트(Alipašin Most), 일리쟈(Ilidža), 블라쥬이(Blažuj), 하지치(Hadžići), 죠빅(Zovik), 파자리치(Pazarić). 함께 한 여행자가 지나가는 역 이름을 차례로 되풀이해 말했다. 쟌에게는 기차에 앉아 가는 것보다는 기차 옆을 산책하는 것이 더 빠를 것 같다.
"하아, 선생은 곧 보게 될 거요, 이반-체들로(Ivan-cedlo)역이 보이면, 그곳이 보스니아에서 헤르체코

65)역주: 1904년 리브니카르(Vladislav F. Ribnikar)가 창간한 신문.

비나로 넘어가는 곳임을요. 이반-세들로를 넘으려면, 기관차 2대가 필요합니다.” 그 여행자는 전문가처럼 말했다. 하지만 메호는 그 대화 속으로 빨려 들어가고 싶지 않았다.

쟌은 창밖을 보며 관광하는 것을 좋아했으나, 계단에서의 사고로 그녀의 오른쪽 스타킹이 터져 버려 그녀를 괴롭혔다. 그래서 스타킹의 줄이 발바닥에서 그녀 무릎을 지나 허벅지의 어둠 속으로 뱀처럼 뒤틀어져 있었다. 그게 그녀를 많이 신경 쓰이게 했다. 모두가 그녀 스타킹의 구멍만 보는 것 같았다.

그녀는 메호에게 그 스타킹으로 인해 괴롭다고 말했으나, 메호는 이미 세르비아에서 좀 느슨하게 아내의 관심에 대응하더니, 지금 보스니아에서, 더욱 무심한 듯 간단히 응수했다:

“참아요, 8시간 뒤엔 우리는 모스타르에 도착할거요.” 그는 자신이 읽고 있던 신문 <폴리티카(Politika)>로 눈길을 다시 돌렸다.

쟌은 그에게 선반에 둔 가방을 내려, 그 안에 깨끗한 스타킹이 있으니, 그걸 내려 달라고 요청할까 생각하다가, 객실에서 긴 스타킹을 갈아 신는 행동을 생각해 보니 더 자신을 두렵게 만들었고, 또 너무 불룩해진 여행가방을 다시 닫는 것도 생각보다 더 힘들게 여겨졌다.

그녀는 맞은편에 앉은 남자 승객이 창문을 통해 풍경을 보는 것을 도와주기로 결심했다. 그래서 그녀는 남편 어깨에 잠을 청하러 기대었다. 그러나 처음에 그녀가 자신의 머리를 빗겼으나, 그 꿈에 누굴 만날지는 아무도 모른다. 그 때문에, 그녀는, 모든 경우를 위해, 자신의 입술에 루즈를 다시 바르고는, 작은 분통으로 자신을 관찰했다. 메호는 자신의 흥미로운 잡지의 내용을 계속 읽으려 했고, 그의 어깨는 그녀 머리를 도와줄 듯이 받아들였다. 마치 반려동물에 익숙한 누군가가 하듯이.

긴 시간이 지난 뒤, 남편의 뼈만 많은 앙상한 어깨가 그녀에게 괴롭히니, 그녀는 자신의 등을 곧추세웠다.

창문에는 수많은 햇빛이 있고, 쟌은 곧 정오가 될 것으로 믿었다. 그녀가 20분 정도 잠을 잤음이 분명했고, 그녀는 여전히 더 쉴 권리가 있다. 그 점잖은 신사는 알려주기를, 여행은 여전히 7시간을 더 갈 것이라고 했다.

제네바에서 뉴욕으로 가던 배가 얼마나 많은 시간이 필요했는지를 언급하여 비교한다는 것은 그럴만한 가치가 없다.

그녀는 지금 배 안에 있지 않고 사라예보와 모스타르 사이의 열차 안에 있었다. 그리고 자신의 시아버지를 뵈러 남으로 천천히 여행하고 있었다. 잠을 자는 동안 그녀는 아무도 꿈속에 만나지 않았다.

그러나 갑자기 메호 어깨너머로 그녀는 신문 〈폴리티카(Politika)〉 표지에서 흥미로운 사진을 발견했다: 영국 국왕 에드워드 8세가, 나중에, 윈저 공이 되지만, 미국 여성 심슨 부인과 함께 있는 사진으로, 그녀 때문에 그 국왕은 1936년 왕위를 유지하는 기회를 잃게 되었다. 그 부부는 호바르(Hvar)섬에서 여름휴가를 즐기고 있었다. 쟌은 그 여성에게 큰 관심을 가졌다. 그녀는 그 왕의 자리를 물러나게 한 여성이 어떤 모습인지 보고 싶었다. '무엇으로 그 여인은 성공했는가?' 그러나 그 잡지 사진은 흐바르섬 위에서 갑자기 찍은 것이라 그 질문에 대답을 주지는 못했다.
그 사진 옆에는 유고슬라비아 궁정 소식이 있었다: 마르세유(Marsejlo)에서 총으로 저격당한 남편 알렉산드로 1세의 죽음[66] 뒤의 마리아(Maria) 왕비 기사였다. 그 기사는 절약하며 살아가는 왕비를 감동적으로 쓰고 있었다. 젊은 어머니로서 그녀는 세 아들(페타르, 토미스라브와 안드레이)의 구두를 구두수선업자에게 맡겨 수선하도록 했다. 아마 그 수선업자는 궁정에 속해 있는 사람인가 보다.
잔은 마르세유에서 총으로 저격당한 알렉산더 국왕의 얼굴을 쳐다보았다. 좁은 콧수염, 작은 손가락에 넓은 반지, 둥근 군대 모자, 손에 낀 하얀 장갑. 그녀는 그 왕이 포즈를 잡고 앉아 있는 의자의 조각된 등받이를 쳐다보았다. 포즈에 관해서라면 그녀야말로 경험이 많다. 그 왕의 머리 뒤편에는 무엇이 있지? 무슨 천조각. 왕의 등받이에 조각된 것은 왕을 상징하는 독수리인가? 그 독수리는 안개 속에 있다.
그녀는 그 기사를 읽으려면 자신의 눈에서 좀 거리를 두어 그 잡지를 유지해야만 함을 그녀는 알아차렸다. 그녀에겐 안경이 필요했다. '페르디난드 호들러의 모델 여성이 안경을 쓰다니! 얼마나 아이러니한 일인가!' 그

66)역주: 1934년 10월 9일 유고슬라비아 국왕 알렉산드로 1세는 나찌 독일에 대항할 방안을 협의하러 프랑스 마르세이유에 도착했으나, 그곳에서 프랑스 외무장관과 함께 알렉산더 1세가 저격당했음.

녀는 한숨을 내쉬었다.

한때 루마니아 공주였던 마리아(Maria)와 세 유고슬라비아 왕자들의 운명에 대한 기사는 모르는 낱말이 너무 많아, 쟌은 신경질적으로 그 잡지를 메호에게 되돌려주었다.

“아직도 6시간이 남았어요. 시각표에 따르면, 그리고 여긴 라스타니(Raštani)이구요. 모스타르를 앞두고 있네요.” 그렇게 그 점잖은 동승 여행자는 용기를 내어 말했다.

16. 모스타르(Mostar)에서

시아버지 후세인은 모스타르역 플랫폼에서 기다렸다. 후세인은 며느리를 환영하며 키스로 인사했다. 쟌은, 오후의 태양에 비친 국제 감각을 가진 인물인 시아버지를 뵙고, 만남에 앞서 터키모자를 쓰신 시아버지를 상상했던 자신을 질책했다.

이 모스타르 역사 건물은 짜르 프란츠-요세프(Franz-Joseph)[67]가 1910년 모스타르를 방문했을 당시의 사진이 메호가 가진 어느 책에 실린 것을 본 적이 있다. 그때 건물 정면엔 화관과 깃발들이 걸려 있었다. 지금 화관은 그 역사 건물에 없었다. 어떤 남자들이 그들의 가방을 집어 들고, 그녀는 이미 이동용 사륜마차에 앉았다.

말들이 출발하자, 바퀴들이 요란한 소리를 냈다. 그녀는 회교 사원 첨탑들을 보기 위해 주변을 둘러보았다. 그리고는 목을 내밀어 네레트바강의 다리를 볼 수 있을까 하였다. 태양은 오후를 뜨겁게 만들었고. 그녀가 지나가는 주변 건물의 돌로 된 벽들은 흐리게 빛나고, 쟌은 오랫동안 열차에 앉아 왔기에 다리들이 퉁퉁 부어있음을 느꼈다. 이제야 머리에 터키모자를 쓴 남자가 지나갔고, '디미예dimie' 로 옷을 입은 채 서로 대화를 나누며 가는 여인들이 보였다. 나무로 된 신발들의 소란을 그녀는 곧 알 수는 없었다.

---

67)역주: 나폴레옹 손자인 프란츠 요세프 1세(1830년- 1916년)는 오스트리아 제국 황제(1848~ 1867)과 오스트리아-헝가리제국 황제(1867~1916)로 68년간 제위.

잔의 눈길은 주변으로 날듯이 둘러보았다.
이젠 또 터키모자, 이젠 세 번째다.
그녀는 그곳에 있었다.
메호는 자신의 이야기 동안에 그 도시를 고안해 내지는 않았다. 아버지는 아들 메호가 집에 몇 년간 없었는지를 헤아려 보고는, 그 사륜마차로 된 일종의 택시는 고풍스런 치시치가(家)에 도착했다. 잔은 그 집 대문이 자동으로 열리는 것과 같은 느낌을 받았다. 그것은 메블리다(Mevlida)의 조용한 움직임이 있었다.
그들이 들어선 정원에서는, 모든 게 장미들의 짙은 향기로 가득했다. 메블리다가 모스타르풍으로, '손에 칼리크(kalik)을 들고' 대문에 서 있고, 환영의 표시로 자신의 주석 '이브릭ibrik'68)를 통해 잔 부인의 두 손에 약간의 얼음물을 부어 주었다.
아, 얼마나 즐거운가, 그 8시간과 10분과 또 90분의 연착으로 구성된 여행 뒤에 메블리다가 주는 차가운 물은 축복이었다.
물을 적신다는 것이, 메호에게도 메블리다의 차가운 물이 축복처럼 받아들여졌다. 메호는 어머니가 시집올 때 가져온 그 수놓은 아마수건을 만졌을 때, -잔은 그 수건이 별세한 시어머니의 유품임을 알 리가 없지만 - 눈에 눈물을 숨기지 않았다.
메블리다는 메호의 아내를 욕실로 안내하고는, 그녀에게 양동이를 어떻게 사용하는지를 알려 주었다. 잔은 주변을 둘러보았다. 주조된 대형 욕조, 놋쇠 샤워기, 구

68)역주: (터키어) 작은 냄비

리로 조각된 세면대, 양변기. 도자기 손잡이를 갖춘 두꺼운 체인이 달린, 높게 고정된 수도관.

메블리다는 쟌에게 문 위의 빗장을 보여주었다. 그 빗장이 금속판 위에서 닫기자, 문을 장식하는 놀라운 낱말 'besetzt'[69]가 나타났다. 메블리다가 그 빗장을 풀자, 'frei'[70]라는 낱말을 읽을 수 있었다.

메블리다가 쟌에게 한 켤레의 꽃장식이 수놓인 놀라운 슬리퍼를 주기 전에, 쟌은 자신의 브래지어를 풀어 젖가슴을 자유롭게 하고, 자신의 빌어먹을 그 스타킹을 말아내려 바닥에 벗었다. 속옷은 땀에서 이미 건조해진 몸에 딱 붙어 있었다. 자유로운 이 기분!

그녀가 이제 새 슬리퍼를 신고 욕실에서 다시 가뿐한 기분으로 돌아오자, 메호가 욕실로 사라졌다.

여름옷에 가장 맞는 옷을 입은 쟌은 물을 두 잔이나 벌컥벌컥 마셨다. 메블리다는 이미 셋째 잔을 준비하였고, 쟌은 마다하지 않았다.

"우모르나(Umorna)?"[71] 시아버지가 물었다.

"비세 네(Više ne)."[72] 쟌은 살짝 웃으며 답했다.

그때서야 쟌은 주변을 둘러보고는, 남편의 집의 문턱을 처음으로 들어선 아내를 환영하기 위해 장미꽃이 가득 담긴 두 점의 큰 항아리를 보게 되었다.

프랑스인 부인인 쟌이 시중을 들기 위해 문에 서 있던 메블리다에게 갑자기 다가가, 꽃을 준비한 것에 대한

---

69)주: besetzt-frei(독일어) 잠겨 있음-비어있음을 나타냄
70)주: besetzt-frei(독일어) 잠겨 있음-비어있음을 나타냄
71)주: (세르비아-크로아티아어) 피곤한가?
72)주: (세르비아-크로아티아어) 이젠 아닙니다.

고마움의 표시로 키스를 하자, 메블리다는 깜짝 놀랐다. 메블리다는 자주 키스를 받지는 못했다: 그녀가 산골에서 자랐는데, 어느 날, 이웃집 개가 갑자기 어린 그녀를 공격해 그녀 윗입술에 큰 상처를 입혔다. 그러나 그 상처로 인해 그녀는 자신의 말을 제대로 분명하게 발음하지 못하는 불편함을 평생 가져야 했다. 사람들은 그런 그녀를 충분히 이해해 주었다. 메블리다는 치시치가로 들어올 프랑스인 부인이 오기 전에 두려운 걱정을 많이 했다. '만일 이웃사람에게도 자신이 두 번씩 모든 문장을 되풀이하는데, 그 프랑스인 부인과는 서로 어떻게 대화가 될까? 만일 그 프랑스인 부인이 그 상처가 있는 자신을, 그 불명확하게 말하는 도우미를 너그럽게 봐 주지 못하고, 해고라도 한다면, 자신은 무엇을 앞으로 할 것인가? 고향 마을에는 자신의 자매가 있는 집에는 이미 아이들이 많은데.'

걱정하면서도 메블리다는 그 부인이 꽃을 분명히 좋아할 것으로 생각하고 방에 2개의 화환을 준비해 두었다. 쟌이 그런 배려를 놓치지 않았다.

이제 메블리다 얼굴은 좋은 향기의 프랑스인 여성에게서 받은 여러 번의 키스로 인해 붉게 빛나고 있다.

작은 찻잔들은 포도로 만든 환영용 브랜디로 채워졌다.

메호는 유쾌하게 건배를 외쳤다: 한때 그렇게 익숙해 있던 바로 그 브랜디를 보자, 벌써 그의 눈에는 이슬이 맺혔다.

"오호라, '포도주 여인이여' "

그가 매료된 듯 속삭였다.

그 속삭임은 글라스에 든 브랜디로 연결되어 있다.

시아버지 후세인은 자리에서 일어나, 처음에는 약하게 기침하시더니, 자신의 환영연설을 시작했다.

그는 며느리가 보스니아 땅으로 들어온 것을 환영한다며, 헤르체고비나(Hercegovino)라고 이름 불러진 이곳은 이 나라에서의 더 부유한 지방에 속해 있음을 덧붙이는 것을 잊지 않았다. 보스니아 시인이 암송하는, '물은 파라다이스이고, 정원은 에덴' 인 이곳 모스타르에서 며느리가 잘 지냈으면 하고 축원했다.

메호는 눈짓으로 자신의 아내에게 아버지가 인사말을 끝내려면, 좀 더 시간이 필요할 것이라고 말해 주면서, 자신의 아내를 다독거렸다.

'소프라(sofra)' [73] 위에는 위엄스럽게 장식되어 있다. 메블리다가 거의 들릴 듯 말 듯 하는 발걸음으로 저녁식사를 날아왔다. 그때서야 쟌은 메블리다가 수가 놓인 슬리퍼를 신어 거의 소리가 나지 않게 움직임을 이해했다. 안손님은 옆눈길로 메블리다의 '디미예(dimije)' 를 내려다 보았다. 그렇게 그녀는 동구라파 치마-바지를 볼 수 있었다. 쟌은 곧장 궁금함을 물어보지는 않았다.

그때, 메블리다가 별과 반달로 빛나는 금속 원추형 아래 덮인 대형 접시를 가지고 다시 모습을 보였다. 그녀가 능숙하게 그 접시를 덮은 원추형을 들어내려고 그 따뜻한 터키 상징들을 잡았을 때, 놀라운 냄새가 그 그릇에서 피어올랐고, 방 안의 장미향을 몰아냈다.

시아버지가 자신의 "환영하네" 라는 말을 했을 때, 메

73)주: (터키어) 탁자

믈리다는 이미 음식 위의 뚜껑을 잡고 있었다.
"부이룸(Bujrum)![74]"
"소간 돌마(Sogan dolma.)[75]" 메블리다가 말했다.
"야프락(Japrak)[76]" 그녀가 계속 말을 이어갔다.
시아버지는 쟌에게 오늘 저녁엔 모스타르 사람들에 대한 아주 재미있고 흥미로운 이야기를 해 주겠다고 제안했다. 사람들은 그런 특징적 유모어들로 인해 재능있는 모스타르인들을 "여우들" 이라고 별명을 붙여 주었다. 시아버지는 아들과 며느리에게 자신이 저술한 『모스타르 도시의 시작과 발전』의 여러 페이지를 그들에게 즐거운 마음으로 보여주었다. 언젠가 시아버지는 그 작품을 책으로 출간할 계획이다.
어느 날, 30년 전이었다고 한다. 어떤 도축업자가 모스타르사람인 명판을 그리는 디자이너에게 -그의 이름은 비도예(Vidoje)였단다- 도축장 출입문을 장식하는 명판을 하나 그려달라고 주문했다. 제대로 폼나게 만들려고, 그 주문자는 도축장을 잘 지켜달라는 뜻으로 사자를 그려달라고 했다. 그들이 가격에 대해 흥정하고 있을 때, 그 비도예라는 디자이너는 주문한 사람에게 사자에 족쇄를 채울 것인지, 족쇄 없이 그려야 되는지 물었다.
"족쇄? 왜요?"
"족쇄가 있는 사자는 50을 더 내야 합니다."

---

74)주: (터키어) 명령하세요! 어서요!
75)주: sogan(터키어) 양파,dolma(터키어) 만두소 예를 들어 잘게 쓴 고기와 쌀로 만든 만든소(여기서는 소가 든 양파)
76)주: (터키어)잎사귀. 여기서는 포도잎으로 싼 고기만두소를 말함.

그러자 도축업자는 족쇄 없는 사자로 하기로 했다.
비도예 디자이너가 그 명판을 완성했을 때, 그것은 아름답게 보였다.
그런데, 어느 날 비가 오자, 곧 그 사자 그림이 씻겨져 나가버렸다. 주문자는 다시 그 디자이너를 찾아 와, 불평했다.
"왜 당신은 불평하고 있어요, 족쇄 달린 사자를 원하는지도 내가 물었는데, 당신은 그것 없는 걸 더 원한다고 하였지 않나요!"
쟌은 살짝 웃었다.
메호는 크게, 유쾌하게 웃었다. 마치 그 이야기가 아직도 살아 있는 듯이.

시아버지는 그가 할 수 있는 디자인 이야기를 더 가지고 있었다.
류뷰시키(Ljubuški) 출신의 한 페인트 칠하는 장인이 있었다. 그의 이름은 아우구스트 보라스 고스토(August Boras Gosto)라고 했다. 그가 성당 신부와 성당의 벽 페인트 칠을 하는 계약을 하고 있었단다. 신부는 성당 천장에 그 페인트를 칠하면서 별을 몇 개만 그려 달라고 요구했다. 그렇게 별을 그려 주면, 그 모든 별에 대해, 신부가 특별히 추가로 지불할 것이라고 약속했다.
그 페인트칠 작업이 완료되었을 때, 그 신부는 깜짝 놀랐다. 둥근 천장이 온통 별로 가득 차 있었다.
지불할 지갑을 들고선 신부는 불만을 터뜨렸다.
"좀 별이 많군요, 페인트 장인님!"

"하아, 하늘이 엄청 맑았는데, 어떡하죠?"
메호는 아주 진지하게 웃었다.

메블리다는 다른 접시들을 가지고 들어 왔다. 메호는 마술적인 낱말들을 발음했다: '투파히예(tufahije)[77] 와 툴룸베(tulumbe).

쟌은 자신의 남편과 함께 거의 20년 같이 먹었다. 그녀는 한번도 그만큼 즐거운 기분으로 음식을 먹는 남편의 모습을 본 적이 없었다. '그는 마침내 집에 왔구나.'

시아버지는 쟌에게 모스타르 담배를 장황하게 이야기해 주었다. 시아버지는 그녀가 나중에 가 볼 담배밭을 설명해 주었다. 4월에 그 밭에 어린 작물을 심는다. 나무 하나에 약 50개의 나뭇잎이 달린다. 담뱃잎들을 7월에 달빛이 있는 동안에 딴다. 왜냐하면, 낮에 따면, 사람들이 태양의 뜨거움으로 인한 강력한 냄새 때문에 기절할지도 모른다. 시아버지는 사람들이 그 식물 위쪽에 자란 노란 잎을 어떻게 따는지를 상세하게 설명하기 시작했다. 보통 사람들은 10개씩 잎을 따는 데 익숙해 있다. 그런데, 몇 개의 잎들만 수확해도 보통 10개씩 따는 잎보다 풍성한 경우도 있다. 그 잎들을 따오면, 크기에 따라 그 잎들을 정리해, 햇빛에 그것들을 말린다. 2미터 가까운 줄에 잎들을 널어 말리니, 그 줄들이 무게 때문에 쓰러지지 않도록 해야 한다.

가장 좋은 담배 종은 '라브냑(ravnjak)' 인데, 그것은

77)주: tufahije(터키어) 설탕시럽에 끓인, 견과소가 든 사과.

키가 2.5미터까지 자란다. 사람들은 그 담뱃잎을 '세관' 으로 가져간다. 그곳에서 담뱃잎은 매매가 이루어지고, 담배공장으로 차로 운반된다. 담배 색깔은 황금색- 노란색이거나 아니면 약간 붉다.

"이런, 당신은 이미 잠이 고프구나." 메호가 알아차렸다. "잠자러 가요! 모스타르 이야기는 끝이 없어요."

쟌은 자리에서 물러나 잠옷으로 갈아입었다. 침대의 푹신함은 그녀를 보호하도록 대접했다. 너무 피곤해서인지 그녀는 쉽게 깊이 잠들 수 없었다. 그녀는 문밖에서의 대화의 웅성거리는 소리를 듣고 있지만 아무것도 이해할 수 없었다.

'그녀가 여기서, 이 낯선 곳에서 뭘 하겠는가?'

인생은 그녀에게 상처를 입힌다.

창문에서부터 창백한 달빛이 비치고, 메블리다가 식물들을 키우는, 조각이 있는 탁자를 그 달빛에 비치게 했다. 벽에는 모스타르의 장면 셋이 걸려 있다. 그들 모든 장면에서는 좀 다른 시선에서 그 다리가 잘 보인다.

쟌은 무한한 고독을 느끼며 흐느끼기 시작했다.

그녀는 베개로 머리를 덮고는 울음을 삼켰다.

그리곤 또 울먹였다. 메호는 그녀를 위로하러 오지 않았다. 베개가 눈물을 흡수했다.

그렇게 그날 밤 우는 이가, 밤에 어두운 초록의, 또 신비한 네레트바강이 미끄러지는 그 장면의 그 도시에서 그녀뿐 아니라는 느낌을 그녀는 가졌다.

바람이 강쪽에서 불어, 그 시원한 바람을 쟌의 얼굴에까지 다가왔다. 그녀는 벌거벗은 어깨를 숨겼다. 어깨

위의 그녀 손은 호들러의 손길을 기억했다. 엷은 웃음이 입술에 되돌아왔다. 그녀의 기억은 모스타르에서의 외로움보다 더 컸다.

Mostar: la malnova ponto, Stari most.

모스타르에 있는 옛다리(Stari most).

17. 툴룸베(tulumbe)[78]

"하얀 커피잔으로 물을 채우고요. 까만 커피잔으로 식용유를 담아요. 하얀 커피잔으로 밀가루를 넣고, 약간의 튀김용 가루를 첨가해요. 다른 용기에 담아, 그게 숨 쉴 수 있게 놔둬요. 계란 5개를 차례대로 풀어 넣어요. 밀가루 반죽이 차가워지는 동안, 추가해서 넣을 것을 준비해요.

추가해서 넣을 것:

설탕: 하얀 커피 잔으로 두 잔 반.

물 : 하얀 커피 잔으로 한 잔 반.

이것들을 함께 넣어 끓여요. 그러고는 식혀요.

추가해서 넣을 것은 차가워야 해요.

끌을 이용해 밀가루로 소를 만들어요. 그 끌로 만든 툴룸베 과자들을 기름에 이제 튀깁니다. 그게 좀 노랗게 되어야 해요. 나중에 그걸 차가운 설탕물에 빠뜨려요. 툴룸베가 다 만들어질 때까지 차가운 그 설탕물에 그 구운 과자들을 그대로 두세요."

그렇게 '소프라' 에서 메블리다는 쟌에게 툴룸베 만드는 법을 알려주고 있었다. 시아버지 후세인은 행복하게 웃었다. 그는 할 말이 그만큼 많았으나, 첫 몇 시간은 조용히 있으면서, 며느리가 만드는 질문들을 듣고 있었다.

---

78)주: 툴룸바(터키어). 케익의 일종으로 설탕 시럽에 적셔 만든 오이 모양의 과자(이 낱말은 '툴룸베'라는 용어로 함께 사용된다.)

이제 메호가 자기네 말로 옮겨 주었다.

“두 개의 계량 단위가 있음을 이해하는 것이 중요해요. ‘하얀 커피잔과 까만 커피잔’. 두 가지를 만드는 것이 중요해요. 하나는 투룸베를 만들 때 저 도구를 사용해 밀가루 반죽을 하는 것과, 다른 하나는 첨가물을 만드는 것이에요.”

메블리다는 부엌으로 돌아가, 그 레시피를 더 분명히 이해하도록 룸베를 만들 때 쓰는 끌을 가져와 보였다. 그녀는 안주인이 잔으로 식재료의 계량하는 것이 서툰 것을 파악하자, 그 큰 차이를 이해시켜 주려고 하얀 커피잔과 검은 커피잔을 가져왔다.

쟌은 ‘질라브카(žilavka)’라는 와인에서 약간 머리가 어지러움을 느꼈다. 메호는 자신이 그녀에게 1918년 제네바의 그 병원에서 그 와인에 대해 말했던 것을 기억하게 해 주었다. 그녀는 머리가 어지러운 것을 좀 누그러뜨리려고 ‘툴룸베’ 한 조각을 집어 들었다.

“차르시야(čaršija)[79]로 출발!”

메호가 산책하자고 초대했다.

---

79)주: (터키어)상업 지역

18. 그 다리

그녀는 그 다리를 어느 방향에서 먼저 보게 될지 궁금해했다. '그 다리는 하이루딘(Hajrudin) 건축가가 만든 디자인 작품이나 전설처럼 보여줄까?' 그리고, 이미 그녀는 샌들을 신고 그 다리의 부목과 부목 사이의 거리를 힘들게 걸어가면서, 그 다리의 매끄러운 바닥을 걸어 보았다. 메호는 그녀에게 손을 내밀었다. '그녀의 어지러움을 들어줄 목적인가, 아니면 그녀에게 용기를 불러 줄 목적인가? 아니면 그녀가 그곳에 서 있는 걸로, 그가 1918년 그녀에게 보여주고 싶었던 그곳에 있어서 행복해서인가?'

손과 손을 잡는다는 것은 젊다는 것이다. 그들이 마지막으로 손을 잡은 때가 언제였던가? 메호는 서둘러 자신의 손을 놓았다. 그의 주변은 다른 예절을 가리키는, 전통도시 모스타르였기 때문이다. 그의 손이 잔의 손을 갑작스레 잡는 것을 본 이는 아무도 없었다.

황혼 속의 네레트바 강물은 짙은 초록색이고, 강물에서 바람이 불어와, 여름 복장의 더운 허벅지를 시원하게 해 주었다. 그녀는 그런 시원함에 자신의 피부가 약간 흥분됨을 느꼈다.

그녀는 다리 맨 위에서 다리난간에 기댄 채 아래로 내려다보았다. 아래는 바위에서 태양에 그을린 아이들이 여전히 낚시하고 있고, 자기 발의 상처엔 관심이 없다.

카라죠즈베그(Karadžozbeg)의 회교 사원이 완공되었을 때, 이 돌다리 건축이 시작되었다. 이 다리 건축 담당

자로 미켈란젤로[80]와 동시대 인물인 유명한 시난(Sinan)[81]의 제자인 하이루딘이 선출되었다. 터키 오스만제국 시절에 시난은 98살까지 살았는데, 330개의 감동적인 건축물을 만들었다. 하이루딘은 9년간 그 다리를 건축공사를 했으며, 마침내 그것은 단번에 건축된 것 같이 보였다. 그는 무른 돌로 그 다리를 만들었다. 다리에는 이슬람력 974년(즉, 양력으로는 1566년)을 가리키는 중요한 숫자가 싯구로 표시되어 있다. 그 싯구는 말하고 있다. '쿠드렛 케메리(KUDRET KEMERI)'. 둥근 천장의 강력한 힘.

"이 다리가 완성되었을 때, 하이루딘은 자신의 석공들이 다리를 지탱해 주는 지지대들이나 사다리들을 빼내는 것을 기다리지 않았대요. 그는 모스타르에서 북쪽으로 10km나 떨어진 벨로 폴레(Bjelo Polje)로 말을 달려, 그곳에서 소식이 오기를 기다렸어요. 그는 신경쓰임을 숨기기 위해, 도구를 들어 바위에 구멍을 뚫고 있었다고 해요."

메호가 쟌에게 그 사건들을 간략하게 설명해 주었다.

"하얀 갈매기가 저 강을 건넜다고 해요." 하이루딘에게 소식을 전하고 있었다.

하이루딘은 그 소식이 도착했을 때는 이미 그 돌에 구멍을 뚫어 놓고 있었다. 만족감에 그 건축가의 얼굴이 온화한 모습이었지만 그는 자신에게 미소를 허락하지

80)역주: (1475-1564) 이탈리아 화가이자 기독교 양식의 건축가

81)역주: 시난(Hodja Mimar Sinan:1489-1588) 터키 오스만제국의 최고의 이슬람 양식 건축가

않았다.

메호는 1918년 쟌이 병원 정원에서부터 알게 된 그 톤으로 이야기했다. 그 목소리는 더 강한 마력을 가졌다. 쟌은 자신이 여전히 그를 사랑하고 있구나 하고 이해했다.

"그래, 우리가 있는 곳에서 저 아래까지 깊이가 얼마나 되어요?"

"28미터이지요."

"그럼 이 둥근 천장의 너비는요?"

"30미터예요."

그들은 이제 말이 없다. 그리고 다리 아래의 장엄한 초록색 물을 내려다보았다.

"나는 작은 노예로서, 가장 작은 노예로서, 지금까지 16개의 나라를 방문해 보았지만, 지금까지 이렇게 높은 다리는 보지 못했구나."

그렇게 메호는 낮게 말했다. 그는 쟌에게 에블리야 첼레비야(Evlija Čelebija)[82]라는 터키 여행자가 17세기경 이 다리를 방문하고는 그렇게 글을 남겼다고 했다.

"새로 달이 저 위에 떠 있을 때 또, 달이 저 아래에 자신의 모습을 거울 그림처럼 내려다볼 때, 그때 사람들은 이 세상에서 가장 아름다운 다리가 이곳이라고 말하기도 했지요."

"수백 년간 아무도 모스타르를 터키가 소유하고 있는 것에 불평하지 않았어요. 베네치아가 이 모스타르를 헛되이 가지려고 노렸지요. 17세기에 400명의 모스타르 사람들이 그 다리를 지키려고 전사했고, 끝내 베네치아

---

82) 역주: (1611-1687) 터키 이스탄불 태생의 세계여행가이자 작가

의 침략을 막아냈어요. 탑이 -헤르체구샤(Hercegušа)와 타라(Tara)- 이 두 개의 탑이 도시를 지켜 주었어요. 헤르체구샤에는 무기 창고가 있었구요. 타라 탑은 17세기의 요새를 방어하는 체계를 대표하는 유적지이구요. 지금은 타라와 헬레비야(Helebija)탑이 이 다리를 지키고 있지요."

"저 회교 성당을 한 번 봐요. 저곳! 모스타르는 술탄 무라토(Murato) 5세의 연대기작가 이브라힘(Ibrahim) 에펜디(efendi)[83] 로즈나메드지야(Roznamedžija)에게 빚을 크게 지고 있어요. 그는 인근도시 네베시네(Nevesine) 출신이었어요. 로즈나메드지야는 대단한 선의의 실천자였어요. 그분은 1663년 황동관으로 저 오른편에서부터 더 역사가 오래된, 왼편의 도시로, 이 다리를 통과해서 물을 끌어왔어요. 그 수도관은 이 다리의 위에도, 또 아래에도 걸쳐있어요. -그렇게 모스타르는 자신의 수도 시스템을 갖게 되었어요. 당신은 나중에 아버지로부터 로즈나메드지야에 대해 들을 기회가 있을 거요. 아버지는 그 선의의 실천자를 주제로 하는 이야기를 하실 때는 당신 이야기를 멈추는 법을 모르시거든요."

쟌은 완연한 햇살이 내리쬐는 그 다리에 서 있었다. 다리 위의 상인들이 자신이 앉은 곳의 작은 탁자 곁에 웅크리고 앉아서는 자신의 앞에 펼쳐 놓은 놀라운 장식품들에 관광객들이 관심을 가질 때까지 황동그릇을 연신 두들겨 대는 소리에 쟌은 귀가 먹을 정도다.

여러 여성 행인들이 걸어오면서 들려주는 나무 신발의

83) 주: efendi(터키어)신사. 터키에서 교육받은 이들의 호칭.

음악도 보태졌다. 쟌은 여인들이 '디미예(dimije)'가 자신들의 다리에 윤곽을 만들고서도 자신의 등을 곱게 편 채 있는 것에 탄복했다.

"나중에 우리는 타브하나(Tabhana)라고 이름 지어진 회교 사원으로 산책갈 거요. 타브하나라는 낱말은 담배와는 관련 없고, 옛 가죽업자 단체를 뜻해요. 가죽을 가지고 제품을 만드는 노동자들은 동물 가죽을 발로 누르면서 작업할 때는 단조롭게 노래했어요. 한때는 40,000개의 가죽을 발로 눌러야 한 적도 있었다고 해요. 그곳 사람들은 검은 '사흐티얀(sahtijan)'과 붉은 '카이사르(kajsar)라는 모스타르산 유명 혁제품을 만듭니다. 사람들이 모스타르에서 메카로 순례를 하게 되면, 그 순례자들은 먼저 가죽업자에게 찾아 가, 자신의 돈을 그곳 가죽업자들이 가진 돈과 바꾸지요. 가죽업자 돈은 정직한 돈이지요. 왜냐하면, 힘들여 번 돈이기에. 그걸로 순례를 시작했다고 해요."

메호는 쟌을 데리고 자신의 지인 '거리의 상인(kujunĝisto)'의 매점으로 가서 모스타르에서 여성복에 쓰는 황금색 허리띠 '파프타(pafta)'가 무엇인지 아내에게 보여주려고 했다.

그 매점 안의 조각된 작은 의자들과, 조각된 꽃병이, 또 금빛 단추가 달린 사각형의 '파프타'이 쟌에겐 흥미로웠다.

메호의 이야기들은 마를 여가가 없었다.

이스탄불 고등학교 교사였다가 나중에 모스타르 회교도 재판관이 된 무스타파 에유보비치 세휴예(Mustafa

Ejubović Šehjuje)에 대해 이야기도 했다. 그의 묘는 모스타르 남부에 위치하고, 사람들은 뭔가를 잘 기억하지 못하는 사람들을 그곳으로 보낸다. 모스타파의 '투르베(turbe)' [84]를 방문한 사람은 기억력을 회복한다는 속설이 있단다.

모스타르에서 역사적으로 시인이 많이 배출되었다. 예를 들어 아흐메드 루즈디(Ahmed Ruždi)[85]로 이름의 시인은 나중에 '꿈의 해석자'로 특별히 유명해졌단다. 그 이가 세이흐 무하비르 하산(Šeih Muhabir Hasan)이었다.

메호의 그 열변을 멈추게 한 것은 가까이 다가온 신사였다. 메호의 학창시절 친구였다.

"미르사드(Mirsad)!"

아, 다시 만나다니 이 기쁨이란! 메호는 자기 아내를 인사시켰다. 그러나 쟌은 그 만남에서 전혀 중요하지 않는 역할이다. 더 중요한 것은 그 두 사람이 드레즈니차(Drežnića)로 사냥매를 탐사하러 갔을 때, 그들이 낚시로 잡으려고 했던 그곳의 송어들이다. 아하-, 한때 이스탄불까지 보내져서, 술탄이 사냥할 때 이용한 드레즈니차의 유명 사냥매.

메호가 자신의 학창시절 친구와 매에 관한 기억에 더 깊이 붙들려 있기를 바랐으나, 도시의 모든 도로가 갈라지는 그 다리 위에서 에미나(Emina)라는 질녀를 만나게 되었다.

---

84) 주: (터키어) 매장된 이슬람교도가 있는 묘. 묘 위에는 장식물이 있다.
85) 역주: (1637-1699)모스타르 출신의 시인

그녀는 삼촌에게 인사하고는, 삼촌이 외국인 숙모와 함께 고향으로 돌아왔음을 이미 알고서, 그녀 부모가 내일 삼촌과 숙모를 기다릴 것을 이미 알고 있었다.

그녀는 쟌에게 인사하며 몸을 돌렸고, 궁금한 듯 쟌의 목에 걸린 구슬목걸이를 쳐다보고 있었다.

에미나가, 그 다리에서 친척을 만나는 바람에 잠시 물러나 있던, 같이 온 여자친구에게 급히 눈길을 주고는 이렇게 말했다.

"자, 봐, 우리 숙모가 어떤 분인지!"

"저기요, 숙모님은 뛰어내리는 것 보셨어요?" 에미나는 관심이 많았다. 쟌은 그 질문을 이해하지 못했다. 메호는 급히 설명해 주었다: 젊은이들이 행인들을 놀라게 해 주려고 네레트바 다리에서 뛰어내린단다.

우아하게 뛰어내리는 모습으로 이 모스타르 다리가 유명하다. 때로는 행인들은 그들에게 뛰어내리는 것을 보여 달라고 돈을 주기도 한다.

"저 강물로 뛰어든다고요? 20미터 이상의 높이인데요?"

메호는 자신의 친구와는 따뜻하게 악수하며 작별인사를 해야 했다.

그는 에미나에게 아이스크림 가게로 가자고 제안했다. 에미나는 그 말에 자신의 옅은 웃음을 넓혔다. 쟌은 그 질녀의 웃음이 좋아 보였다.

곧 에미나와 쟌은 와플의 원추 모양 위에 구슬 같은 아이스크림 조각들을 핥고 있었다. 그들은 커피점의 그늘 속으로 들어가 앉아, 집에서 메를리다가 윤이 나도록 닦아 놓은 것 같은, 작은 황동 그릇에 담아 오는 커피들을 기다리고 있었다.

커피를 마신다는 것은 사교한다는 것이다.

삶을 아름답게 만들 기회를 주는 것이다.

주의할 필요도 있다.

더운 모스타르에서의 아이스크림이 그 원추 모양에서 뛰어내릴 수도 있음을. 그것은 그 다리에서 소년들이 뛰어내리듯이 그렇게 우아한 모습은 아니다.

19. 니쉬(Niš)에서

모스타르에서의 햇살 가득한 휴가는 곧 끝났다. 그 휴가를 통해 약간의 햇빛에도 얼굴이 갈색으로 되는데, 모든 햇살을 받은 이라면 더욱 건강한 모습처럼 보인다.

그러나 베오그라드는 곧 그 색을 창백하게 만들었다.

쟌은 더욱 창백한 듯 놀랐다. 그녀 남편이 이사할 곳을 새로 알렸다.

메흐메드 치시치가 니쉬(Niš) 지역임원단의 고위직에 임명되었다.

"반스카 웁라봐 니쉬(Banska uprava Niš)." 쟌은 메호 뒤에서 환상을 깨고 되풀이했다.

"뉴욕에 이어 니쉬."

메호는 니쉬의 가장 위대한 화가가 누구인지 기억할 수 없었다. 그리고 가장 큰 관광 명소가 무엇인지 묻는 쟌의 질문에 메호는 우물쭈물하는 것을 쟌은 이해했다. 관광 명소라는 곳이 인간 두개골로 만든 해골 탑임을 알아냈다. 터키와 대항해 싸운 1809년 세르비아 독립군이 패하자, 터키 군대는 패전 군인들의 두개골로 탑을 만들어, 장래에 있을지도 모를 독립을 시도하는 집단에 위협의 메시지를 보여주려고 했다. 그 탑을 만들려고 962개의 두개골을 사용했다. 그 두개골들은 오늘날도 눈동자만 없이 방문객들을 쳐다보고 있다.

"어떤 지방이었기에." 그녀는 탄식했다.

1937년 가을, 쟌과 메호는 니쉬에 도착하자, 다른 고위 공무원들의 아내들은 그 지역 음식으로 세 종류의 고추 - ‘아이바르(ajvar), 핀주르(pindzur)와 피코카(picoka)’ -를 이용해 준비하는 것에 활발하게 토론했다. 그것에 대해 잔은 아무것도 덧붙일 능력이 없었다.

호들러 자화상, 그 작품 **<초상화-당신은-무엇을-하고 있나요?>**은 가장 호화로운 방에 걸었다. 그 방은 주요 응접실로 이용되는데, 구운 초록 고추 냄새가 모든 창문을 통해 사방에서 들어왔다.

그 지역 제화공이 수선한, 잔의 구두는 많은 여성의 눈길로 검사를 받았다. 그들 눈길은 그 구두의 생산자 이름을 읽어 보려고 애썼으나, 이미 읽을 수 없었다.

“이 구두가 이 세상을 돌아다녔네요.” 제화공이 되풀이 말하고는, 그 구두가 다시 새것처럼 될 수 있도록 빛나게 만들어 놓았다.

잔은 어느날, 베오그라드 신문기자가 그녀가 니쉬에 살고 있음을 취재하여 신문 <폴리티카(Politika)>에 ‘스위스 지폐에 나온 여성 주인공이 니쉬에 살고 있다’ 고 기고했다.

그녀는 그 신문기자를 응접하고는, 지역 풍속에 따라, 자두브랜디와 마르멜로로 만든 과자와 큰 글래스로 물을 그에게 내놓았다.

신문기자가 방문하자, 그녀는 자신의 환상에 자극을 받아 생동감 있게 또 겸손하게 이야기를 풀어나갔다. ‘그랬어요. 그래요, 그녀 자신이 당시 파리에서 가장 아름다운 여인이라는 것. 그리고 파리 오케스트라의 오케스트라단장 안드레오 세라니(Andreo Cerani)가 그녀와 결혼했음을. 또 그녀가 덧붙이기를, 눈도 깜짝 않고,

화가 호들러가 그 부유한 결혼한 부부인 세라니의 집의 출입문을 노크했다고. 그러자 성공해서 부자인, 그 마음씨 고운 세라니 부부는 가난한 화가인 페르디난드 호들러를 도왔다. 그들은 그를 집으로 초대해, 화가로서의 재능을 발휘하도록 하고 그렇게 해서 그는 유명하게 되었다고 했다. 안드레오 세라니는 호들러의 후원자였다. 만일 안드레오가 없었더라면, 호들러의 캐리어는 전혀 다르게 흘러갔을 것이다. 아, 그렇게 로맨틱한 시절이 흘러갔구나.'

그렇게 쟌은 수를 놓았다.

여인의 초상화가 그려진 그 스위스 지폐를 신문기자는 볼 수 없었다. 그녀는 이젠 그 지폐를 가지고 있지 않다고도 고백해야만 했다. 여러 해 동안 그녀는 그 지폐를 보관하고 있었으나, 때로는 그럼에도 그녀는 그것을 뭔가 쓸 일이 생겼을 때, 자신의 초상화를 사용해 버렸다. 그녀는 그것을 어디다 썼는지도 기억해 낼 수 없었다. 그녀는 간단히 그 지폐를 다시 지닐 수 있으리라고 믿었다. 그러나, 그녀가 미국에서 돌아 와 보니, 그녀는 스위스 바깥에서는 그걸 찾을 수 없었다. 아마 그녀는 그것을 충분히 진지하게 찾지 않았나 보다.

그 기자(M.D.)는 그 이야기에 호기심어린 눈길로 들었다. 그는 안주인이 내놓은 브랜디의 셋째 잔을 -물론 그 브랜디가 정말 고급임에도 불구하고 -사양했다.

그는 신문 <폴리티카(Politika)>에 자신의 취재기사를 1937년 12월 19일에 실었다.

그 인터뷰에 대한 봉사료가 도착하자, 그녀는 주변의

레스토랑 '모자 셋'에서의 석달치 식대로 지불했고, 다음 달에도 이용할 수 있었다.

그해 겨울, 쟌은 열병으로 고생하고 3일간 침대에 누워 있었다. 메호는 그녀에게 '슈마디야(Sumadija)산차'라는 브랜디같은 달인 것을 가져다주었지만 도움은 되지 않았다.

그때, 모스타르에서 전보가 왔다.

메블리다가 전보를 쳤는데, 아버지 후세인이 '다른 세계(ahiret)[86]로 자리를 옮겼다'고 했다.

메호는 모스타르로 혼자 가야 했다. 쟌은 남편을 위로하며 열병이 난 손으로 남편을 따뜻하게 잡아 주었다. 한편 그는 자신의 가죽 옷깃을 세우고는, 우울하게 안개 속으로 떠나갔다.

86)주: (터키어)마지막의 세계, 둘째 세계, 사후의 삶

20. 전쟁의 피해

“내가 은퇴하면, 우린 모스타르로 이사합시다.”

“모스타르라고요?” 쟌은 반발의 톤으로 놀라움을 표시했다.

은퇴라는 것은 삶의 끝에서 일어난다. 그녀에겐 아직은 모든 게 다 끝난 것 같진 않아 보였다.

메호는 아내의 목소리에서 불만을 들었다.

“그럼 당신은 어디가 더 좋아요? 리옹에 있는 당신 아버지의 집인가요?”

그는 자신이 아직도 잊지 않은, 그녀 거짓말에 대해 날카롭게 응수했다.

은퇴는 그들이 생각하기보다 더 서둘러 왔다.

1939년, 치시치 부부는 모스타르에 도착해 메블리다가 여전히 도우미로 일하는 그 부모가 살던 집으로 와서, 그곳에서 생활을 시작했다.

평생 모아온 소장품들이 집을 가득 채웠다. 그 부부의 결혼식을 위해 모스타르를 떠났던 그 카펫은 형태는 다소 가벼워 보였지만, 영혼은 좀 더 무거워진 채, 지금 자신이 있던 자리로 돌아왔다. 호들러 초상화, 그 작품 **<초상화-당신은-무엇을-하고-있나요?>**이 큰방을 장식했다. 그에게도 시간은 흘렀고, 그 작품 속 호들러는 나이가 더 들어 보였다.

파시즘이 모스타르 도시에도 지배하기 시작하니, 그 부부는 자신들의 벽 뒤에서 조용히 살았다. 그 도시엔 독일군과 협력하는 크로아티아 군인들이 점령했다.

쟌과 메호가 사는 집에서부터 얼마 떨어지지 않은 집을 1941년 이탈리아군대 '밀리지야 스트라달레(Milizia Stradale)' 가 점령해, 1943년까지 그들이 그곳에 남아 있었다.

모스타르를 에워싸고 있는 벨레즈(Velež)산과 훔(Hum)산은 결정적으로 자라던 나무들을 잃어버렸다. 차가운 겨울을 맞은 주둔군이 그곳 나무들을 벌목해 땔감으로 써버렸다.

메블리다 혼자만 밀가루를 놔둔 곳을 알고 있었다.

모든 전쟁 체험 중 가장 잔혹한 것은 비행기에서 퍼붓는 공습이었다. 쟌은 그것들을 가장 어렵게 견디어 내었다.

1941년 4월 12일 이탈리아 비행기들이 모스타르에 폭탄을 투하했다. 귀를 막을 방법도 없었다. 사람들이 여럿 죽었고, 몇 채의 집과 성(聖) 베드로(Petro)와 바울(Paulo) 성당도 피해입었다.

3년 뒤에 비행기들이 또 왔다.

1944년 1월 14일의 일이었다.

쟌의 입안의 이가 대피소에서 덜-덜-덜 떨리는 소리가 들렸다. 그 비행기들은 연합국 소속이었다. 사람들은 연합국에 믿음을 갖고 있었다. 그러나 비행기들은 100명 이상의 시민들을 무참히 죽음으로 몰아넣었다. 사람들이 그 주검들을 땅에 묻자마자, 또 다른 비행기 재앙이 닥쳤다: 1944년 4월 17일에 포병대 대응 사격에 피격된 연합국 비행기 한 대가 격추되면서 그 비행기는 파네비나(Panjevina)에 있는 민간 대피소 바로 위로 떨어졌다. 13명의 여성과 아이들이 실종되었다.

이탈리아가 항복하자, 모스타르는 '융단폭격' 의 기술로 공습을 당해야 했다: 비행기들이 편대로 와서 폭탄을 투하했다. 들려오는 그 굉음은 다른 무엇과도 비교할 수 없었다. 다행히 그 다리는 그런 공격에도 살아남았다. 치시치 가족이 사는 건물도 마찬가지였다.

파르티잔 부대가 1945년 2월14일 모스타르를 해방군으로 왔다.

당시 모스타르에서 실종자 수효를 조사해보니, 그 전쟁에서 살아남지 못한 사람들이 1,000명이 넘었다.

파르티잔 부대 측에서 활동하다 실종된, 메호의 사촌들이 나중에 자신들의 거리 이름을 받았다.

'울리차 브라체 치시치(Ulica braće Čišića): 치시치 형제의 거리'

사람들이 그 도로에서의 첫 집에 그 명판을 부착시켰을 때, 쟌은 치시치 가문을 대표해 참석한 메호와 에미나 옆에 서 있었다.

쟌은 전직 외교관 부인, 치시치 부인으로 전쟁에 들어섰다.

쟌은 구매쿠폰을 모으는 여성동무 쟈나(Zana)라는 이름으로 그 전쟁에서 빠져나왔다.

"1945"

사람들은 여인들에게 아직 '나의 생쥐, 나의 고양이' 라고 속삭이지 않았다.

생활은 온통 '구매쿠폰' 으로 작동하였네.

군복 차림으로
우리 첫사랑인 자유가 행진했네.

그렇게 시인 이젯 사라일리치(Izet Sarajlić)[87]의 '구매 쿠폰'이라는 시다.

쟌은 서둘러 적응을 해야 했다: 사람들이 새 신발구입권을 사려면 쿠폰을 40장 모아야 한다. 남자 양복을 구입하려면 쿠폰이 48장 필요했다. 성인이라면 인민 위원회(Popola Komitato) 사무실에서 연간 160장의 쿠폰을 받을 수 있었다. 평화가 찾아오자, 그녀는 나일론 스타킹과 비누가 더욱 그리워했다. 메블리다가 자신의 주방에서 재를 이용해 만든 비누는 악취가 풍겼지만, 쟌은 그 점을 그녀에게 말하고 싶지 않았다. 메블리다는 옛 스웨터를 풀어 양털 양말을 짰다.

메호는 정기적으로 이발소에 가서, 그곳 면도사로부터 면도했다. 그렇게 그는 가질 수 없었던 면도날에 대해 아쉬워하지 않았다. 더구나 그는 새 소식을 듣고서 집으로 돌아왔다. 1950년 그는 베오그라드에 '절약 결정'이 선포되었다고 알려 주었다.

왜냐하면 그해, 밀 생산이 최악이었기 때문이었다. 그곳에서부터 우스갯소리가 들려왔다. 예를 들어 유고슬라비아의 가장 큰 밀 생산지가 리예카(Rijeka)라고 했다. 쟌은 그곳이 밀 생산지인지 이해하지 못했다. 그곳이 항구도시였기 때문이었다.

---

87)역주: (1930-2002)보스니아 철학자, 수필가, 시인. 2차대전 이후 보스니아-헤르체코비아에서 가장 유명한 시인. 사라예보 철학대학 교수.

"그건, 그 항구도시로 굶주린 사람들을 도우러 밀을 실은 미국 배가 여러 척 도착해 있기 때문이지요."
메호가 씁쓸하게 말했다.
"중요한 사건이 있어요!" 메호는 같은 해에 그렇게 말하고, 그녀에게 <두가Duga>라는 잡지표지를 보여 주었다.
"봐요!"
쟌은 기억해보려고 노력했다. 그 잡지에는 보통 노동부대에서 가장 큰 성과에 도달한 어머니들이나 여성들이 표지 사진으로 보였다. 한번은 그녀가 그 잡지표지에 베일을 쓰지 알바니아 아가씨를 본 적 있다.
그리고 지금은 미녀들이.
그녀는 더 잘 쳐다보았다.
그 세 명의 미녀들은 플라스틱 비옷을 입고 있었다. -스플리트(Split)의 공장에서 생산된 제품이다. 그 사진은 그 공장의 노동 성과를 표시하고 있었다.
중대한 사건은 총성이 멈춰진 뒤 곧 있었다.

전쟁이 멈춘 뒤, 첫 버찌들이 익기 시작했을 때, 쟌은 다리 위에서 호들러를 보았다.
그는 다리난간에 서 있고, 훔(Hum)산이 있는 쪽을 쳐다보고 있었다. 자동적으로 그녀 손은 목에 있는 주름을 숨기려 목으로 올라갔다. 호들러는 그곳에, 햇살이 풍부하고 움직임 없이 서 있었다.
그는 눈에 띄지 않게 하려고 평소 자신이 쓰던, 절반으로 자른 멜론 같은 모자도 쓰지 않았다. 그는 지금인 것처럼 보이려고, 자신이 회의에 참석할 때 즐겨 입던 외투도 입고 있지 않았다.
"F!" 쟌은 낮은 소리로 그 마술의 애칭을 소리 내어 보았다.
'Fadiloj, Ferhatoj, Farukoj와 Fatimoj' 라는 말들 속에 'F-o' 라는 발음들이 충분한 도시가 그녀의 'F-o' 를 질식시켰다.
쟌은 급히 그의 구두를 보았다. 그 구두는 거짓말을 하지 않을 것이다.
그녀가 자신의 눈길을 올려다보았을 때, 다리난간에서 있는 이는 다른 남자, 전혀 비슷한 점이라곤 없는 다른 남자가 서 있었다. 어떻게 그녀는 그를 비슷하게 생각할 수 있었을까?
다리 위에 선 남자는 손수건을 꺼내, 이마의 땀을 덜 우아하게 닦고 있었다.
그의 눈길은 쟌의 얼굴에 급히 날아 지나갔다.
그 눈길은, 그 남자 앞에서는 그녀가 자신의 늙은 목 피부의 주름을 숨길 필요가 없는, 그런 흥미 없는 눈길이었다.

21. 모스타르에서의 죽음들

1955년, 에미나는 모스타르 김나지움에서 미술사를 가르치는 여교사가 되었다.

쟌은 그해 봄에 모스타르 여성복 전문 의상실에 새 옷을 주문했다. 그녀는 시카고 시절에 입던, 테두리가 있는 옛 모자에서 뜯어낸 꽃문양을 새 옷에 장식으로 달아 볼 결심을 했다. 그 의상실의 여성 재봉사가 유행성 감기에 걸려 주문한 새 옷을 아직 마무리해 놓고 있지 않았다.

쟌은 아침에 약간의 크림을 자신의 얼굴에 바르고, 특별히 그녀가 관심을 가지는 목에도 크림을 조심스레 발라 보았다. 그 크림의 재료는 칠면조였다. 특별히 거울 속으로 들여다보지 않는 편이 더 낫다. 그녀는 정원으로 나가, 정원 울타리를 사이에 두고 이웃집 여인 파딜라와 대화를 나누었다.

사람들이 이제 모스타르에도 영화관을 건축한다고 한다. 파딜라는 자신의 딸 무나에게 그 소식을 편지에 썼을까? 그 이웃 여성은 아주 불행했다. 왜냐하면, 베오그라드에서 학업을 계속하고 있는, 그녀의 재능있는 딸인 무나가 보낸 편지에 따르면, 대학교를 다니던 그 딸이 이제 졸업했다며, 그 딸이 어느 몬테네그로 출신의 남자에게 시집가려 한다고 했다.

쟌은 그 문제를 즉시 이해하지 못했다. 왜냐하면, 파딜라의 설명으로는, 그 새신랑은 자신들과 종교가 다른 동방정교회를 믿는 사람이라 했다. 쟌은 자신도 이슬람교를 믿지 않는다고 언급하는 것이 좋은 예가 아님을 알았다. 파딜라는 그 문제를 자기 남편에게 어찌 알려야 할지 모르고 있었다. 그러면 그이는 무나에게 상속권을 박탈할 게 분명하기에.

정원의 울타리 너머로 쟌은 무나에게 호의적인 듯한 말로 여전히 좀 너그럽게 대했다.

그러나 그 문제는 정말 중요하구나 하고 이해했다,

그때, 메블리다가 정원에 나와, 자신의 조용한 행동방식으로 커피가 탁자에 준비되어 있다고 쟌에게 알려 주었다. 쟌은 자기 문제로 고민하는 그 이웃집 여인을 두고 커피를 마시러 남편 곁으로 돌아갔다.

그녀는 커피를 마시면서 남편에게 다가오는 여름에 미미(Mimi)가 모스타르를 방문할 수 있을지 정말 궁금해하고 있다고 말했다.

몇 년간 그들 둘은 그 모스타르 방문에 대해 편지를 교환하였으나, 그 방문은 지금까지 실현되지 않았다. 담석 제거 수술 때문에 또는 그녀 딸 결혼식 또는 어머니 별세 때문에 미미는 그 방문이 늦추어졌다.

'정말 다가오는 여름에 미미는 네레트바강 위의 다리를 지나며 함께 산책할 수 있을까? 얼마나 할 이야기들이 많은가! 에밀리에라는 아가씨는 죽기 바로 직전의 핵토르에게 시집갔을까? 헥토르 호들러 별세 후, 그녀는 헥토르 호들러 재단을 설립해, 이를 통해 에스페란티스토들이 상속을 받았을까? 베르테 호들러는 파울리네를, 페르디난드와 발렌티네 사이에 태어난 딸을 자신의 딸로 입양했을까?'

잔은 탁자에서 일어나, 다 마신 커피잔들을 부엌으로 가져가려 했다.
한편 메호는 여전히 앉은 채 신문에 관심이 가 있고, 갑자기 머리가 정말 아프다는 쟌의 불평을 즉시 듣지 못했다.
그런데 갑자기 쟌은 고함을 내질렀고, 자신의 손에서 커피잔들이 미끄러져 나갔다.
메호는 보던 신문에서 눈길을 들어, 그녀가 자신의 손으로 목을 잡으려고 애쓰면서 팔을 어떻게 드는지 보았다. 그는 그녀를 향해, 쓰러지는 그녀 쪽으로 달려갔다. 인근에 사는 의사 선생님을 메블리다가 오시게 했다.
의사는 죽음만 확인해 줄 뿐이었다.
심근경색.
사람들이 달려와, 쟌의 무거운 몸을 들어 결혼식에 사용했던 그 융단 옆의 푹신한 소파로 눕혔다. 그만큼 자주 모델이 되었던, 그녀의 아름다운 손 하나는 가슴 위에 놓이려고 하지 않았다.

메호의 세계가 뒤집혔다.
그는 움직임 없는 쟌의 옆에 앉아, 움직이지 않는 그녀 얼굴을 보고 있었다.
쟌의 온 삶이 남편의 머릿속에서 맴돌고 있었다.
담배피는 것을 허락하지 않던 제네바 병원에서의 그 간호사, 노래 속의 주인공 에미나를 질투하던 욕실에서의 신부, 너무 차가운 붉은 와인 때문에 바르바라를 용서하지 않는 안주인. 자신의 초상화가 디트로이트로 팔려가자 울먹였던 이국적 테두리 모자를 쓴 모델 여성. 시아버지의 재미난 이야기에도 시아버지의 언어를 전혀 이해하지 못했던 며느리. 재봉사 그라예브스카 (Grajevska)에게 옷을 한 벌 짓기로 한 베오그라드 여성. 메블리다의 주방에서 툴룸베에 대해 첫 요리수업을 받던 모스타르 안주인. 친척 에미나와 대화하면서 친해 보려고 손에 우아하지 않는 모습의 아이스크림 원추 모양을 들고서, 그 다리 위에 서 있었던 쟌. 소년들이 네레트바 강의 물속, 저 심연으로 뛰어내리는 모습을 보지 않으려고 눈을 감은 채 있던 쟌.

"쟌" 그 소중한 이름을 낮게 메호는 되풀이해서 말하고 있다.

정원에서의 산비둘기 울음소리만 대답처럼 들려왔다.

메블리다는 메호의 질녀 에미나를 부르러 갔다. 절망적인 메호는 집에서 지금 무엇을 해야 할지 몰랐다. 에미나가 장례식을 조직하는 임무를 넘겨받았다.

쟌 샤를-세라니-치시치(Jeanne Charles-Cerani-Ćišić).

메블리다가 그 집 울타리에 그렇게 써서, 검은 종이의 테두리로 세운 푯말.

그때 처음으로 메블리다 자신은 아주 천천히 자신의 슬리퍼를 끌고 다니는 늙은 여성임을 알게 되었다. 그녀가 우는 것을 사람들은 한 번도 본 적이 없었다.

메호는 며칠 동안 메블리다가 준비해 놓은 음식을 거부했다. 그는 배가 고프지 않았다. 그는 먹을 수 없다고 되풀이해서 말했다. 헛되이도 메블리다는 자나(쟌)가 술탄의 방식에 따라, 아픔 없이 영면에 들었다고 되풀이해서 말했다. 메호는 글을 읽을 수도 없고, 그는 삶에 흥미를 잃었다.

헛되이도 그가 자주 가는 곳의 이용사는 후르시초프(Khrushchyov)[88]가 베오그라드에 어떻게 나타나, 공항에서 연설을 어떻게 했고, 그가 행한 연설에서, 이미 벌어진 일을 베리아(Beria)[89] 탓으로 죄를 떠넘겼다고 했다.[90]

"그가 그곳에 자신의 동무들과 함께, 묵묵히 서 있는 티토[91] 앞에서 어떻게 서 있었는지를 보셨나요? 그리고 그가 최종발언을 했을 때, 티토 동무는 악수만 했을 뿐, 말없이 자동차가 있는 쪽으로 가리켰다. 그리고 그들은 행진을 했어요. 후르시초프는 비행기 안에서 오래 앉아 있어 구겨진 옷으로, 또 티토는 밝은 푸른색 원수복장으로 신선하게 다려진, 또 금색 단추를 단 옷을 입은 채 신문 <폴리티카(Politika)>에 실린 그 사진 보셨나요? 그리고 베오그라드 전체가 모스크바에서 오는 그 참회자들을 기다리느라 모였다고 그 잡지에 쓰고 있었어요. 그리고 제문[92] 공항에서는 사람들이 수 킬로미터

88)역주: (1894-1971) 구 소련의 정치가, 수상, 1953년 스탈린 사망 후 제1서기로 취임,1963년 실각함.

89)역주: 1953년 처형된 전 소련 내무부 장관 라프렌티 베리아.

90)역주: 1955년 5월 25일 흐루시초프는 첫 해외여행에 나서 불가닌 총리와 함께 유고슬라비아를 방문해, 1948년 스탈린이 유고슬라비아 공산주의를 매도한 사실에 대해 티토에게 사과했다.

91)역주: 요시프 브로즈 티토(Josip Broz Tito, 1892-1980)는 유고슬라비아의 독립운동가, 노동운동가, 공산주의 혁명가이며, 유고슬라비아 연방의 전 대통령.

92)역주: 구 유고스라비아(지금은 세르비아)의 제문은 수도 베오그라드를 이루는 17

떨어진 곳에서 저 중앙우체국 위로, 시계가 시각을 알리는 소리가 들릴 수 있을 만큼 그런 침묵이 있었다고 해요."

메호는 사진을 한번 보고는 약하게만 살짝 웃었다.

그에겐 모든 것이 마찬가지였다.

두 달 뒤, 그는 이제 힘을 조금 회복했다.

그는 다시 말을 하고, 먹는 것도 시작했다. 그런데 갑자기 그는 이가 아팠다.

그는 메블리다에게 더 이상 아픈 이를 참을 수 없으니 치과의사 선생님에게 가봐야겠다고 말했다.

그는 '차르시야čaršija' 로 향해 걸어갔다. 천천히 그는 지팡이에 의지한 채 걸었다. 치과의사에게 그는 가지 않았다.

그는 경찰서로 갔다. 그는 여권 발급하러 갔다.

여행국: 스위스. 목적: 공무.

2주일이 지난 뒤, 메블리다는 메호가 탁자에서 아주 일상적이지 않은 모습을 한 채 있음을 발견했다.

그는 신문 <폴리티카(Politika)>를 손에 든 채 있었지만, 그의 목은 이상하게 걸려 있었다. 목을 늘어뜨린 채 신문을 읽고 있는 그 장면은 아주 그녀를 무섭게 만들었다. 이웃 사람들이 도우러 달려와, 사람들이 메호의 몸을 누이려고 노력했고, 여전히 손에 굳게 잡고 있는, 그의 손에서 잡지를 꺼내려고 했다.

(모퉁이가 찢겨진 채 있던 그 페이지에는 작은 글자들

개 자치구 중 하나.

이 있었다. 유명 작가 이보 안드리치(Ivo Andrić)[93]가 지난달 노비사드(Novi Sad)대학교에 초청을 받아 페타르 코치치(Petar Kočić)[94] 작가에 대한 강연을 했다고 씌여 있었다. 표지에는 티토가 '갈레브(Galeb)' 라는 선편으로 인도와 버마 방문을 위해 출발했다고 되어 있다. 편집자에게 보낸 편지에서 공산당의 간부 페코 다프세비치(Peko Dapčević)가 쓴 글이 있다: 그는, 유고슬라비아 정치발전에 대해 비판적으로 외국 잡지와 인터뷰한, 같은 당 소속의 동무들 -밀리보이 딜라스(Milivoj Dilas)와 블라디미르 데이예르(Vladimir Dedijer)-과 의도적으로 거리를 두고자 한다. 다프세비치는 그 두 사람을 "외국첩자" 으로 여기고, "그들이 한 행위가 우리나라 모든 시민과 마찬가지로 자신도 얼마나 메스꺼운 일인지" 말하고자 한다.)

메블리다는 그 신문을 순서대로 접었다.

메호의 시신을 사람들은 소문엔 오마르(Omer)총독 라타스(Latas)과 함께 들어온, 코라소(Koraso) 방식으로 짠, 유명한 결혼식 카펫 옆의 푹신한 소파에 눕혔다. 그 색이 바랜 카펫은 잔과 메호와 평생 함께했다. 그 카펫 위에는 '장미꽃잎처럼 얇고, 물소 가죽처럼 질기고, 제국 궁전의 정원처럼 영화롭고, 영혼처럼 푹신하다는' 글귀를 여전히 조금 볼 수 있었다.

---

93) 역주: (1892-1975) 구 유고슬라비아(보스니아) 문학가, 소설 <드리나 강의 다리>로 노벨문학상 수상자(1961년).

94) 역주: (1877-1916) 보스니아 작가. 대표작으로는 <법정 앞의 멜로>.

메흐메드 치시치(Mehmed Ćišić)는 '다른 세계로 옮겨갔다.' 그것은 모스타르 시립 안내판에 테두리가 쳐진 부음 소식을 읽을 수 있다. 그 이름은 별과 달 상징 아래 검게 인쇄되어 있었다.

2달 만에 2번이나 에미나는 장례식을 치러야 했다.

그녀는 아직도 쟌이 주문해 놓은, 끝내지 않은 의복을 찾으러 그 의상실의 재단사를 찾아갈 시간이 없었다. 모스타르 남자들은 여전히 위엄있게 메호와 작별인사하러 앞으로 행진하고 있었다. 치시치 시장이 재임하던 시절, 시장은 시고문단에게 모스타르의 이슬람 묘역 중 한 곳인 샤리차-하렘(Šarića-harem)의 정리를 명령했다. 그때 건축된 '가줄하나(gazulhana)[95]를 그 시장 아들이 사용하는 순간이 왔다.

딸 무나가 보낸 편지가 왔을 때, 이웃사람인 어머니 파딜라는 무나가 자기 남편인 외교관과 함께 저 멀리 테헤란으로 떠났다고 메블리다에게 이야기할 뿐이었다. 편지 속의 사진 한 장.

사진은 모스타르에서의 상속권이 박탈된 무나가 샤호 레자 팔라비(Ŝaho Reza Pahlavi)왕[96] 폐하를 알현하는 영접실에서 서 있는 모습이다.

어깨를 드러낸 채 밝은 회색의 긴 드레스의 무나. 팔레비 왕 영접실에서 맨살의 어깨를 보인 무나.

---

95) 주: (터키어)이슬람에서, 사람들이 하관식에 앞서 죽은 이를 씻기는 곳. 일종의 장례식장

96) 역주: 모하마드 레자 샤 팔레비(Moḥammad Rezā Shāh Pahlavī, 1919- 1980)는 팔레비 왕조의 제2대 샤(황제)이자 이란의 마지막 군주.1941년-1979년까지 재위.

메블리다는 눈물을 씻지 않으려고 한숨만 내쉬었다. 왜냐하면, 쟌은, 더 이상 그 옆집 사람의 딸 무나의 행복한 결말에 대해 더는 들을 수 없기 때문이다.

쟌은 아무 이야기도 더 들을 수 없다. 사치를 좋아하던 남편-외교관이 대사관의 국가 공금을 유용한 사실이 밝혀지자, 무나가 명예롭지 못하게 이혼해야 했다는 이야기도 더는 들을 수 없다.

그 다리에서 첫 아이스크림을 먹을 때부터, 쟌은 질녀 에미나와 친구가 되었다.

소녀인 에미나는 숙모의 서랍에서 탐구하기, 그녀의 목걸이와 팔찌들을 한 번씩 이용해 보기, 향수 냄새 맡아 보기, 또 높은 뒷굽의 숙모 구두 신어 보기를 좋아했다.

에미나는 입술에 바를 루즈 통의, 한때의 내용물 마지막 일부라도 꺼낼 수 있도록 자신의 손가락을 밀어 넣었다.

에미나는 눈썹 그리는 연필들을 더 좋아했다. 그리고 마른 손톱용 매니큐어가 든 네 개의 작은 병들 중에 은색을 더 좋아했다. 그녀는 거북껍질로 만든 빗의 깨진 조각 두 개도 놓여 있는 큰 벽 거울 아래 어느 상자에서 꺼낸 브로치를 달아 보았다.

에미나는 유쾌하게 쟌의 선글라스를 껴 보았지만, 그것은 한쪽 지지대만 있었다.

그곳에서, 화장품 냄새 사이에서, 쟌은, 한때, 메호를 만나기 전에, 자신이 모델이 된, 자신의 삶에 어느 화가가 있었다는 이야기를 에미나에게 해준 적이 있었다.
"내가 그분의 연인이었어. 나중에 그분은 유명해졌지."
"그분 성함이 무엇이에요?"
"페르디난드 호들러."
쟌의 입은 페르디난드라는 낱말로 가득 찼다.
"1912년의 그의 자화상이 바로 이 작품이야."
쟌과 질녀의 대화를 따라가지 않던 메블리다는 창가로 가서 창문을 열어 주었다. 햇살 다발이 갑자기 흩어지더니, 호들러가 있는 벽으로 달려갔다. 그 그림의 아래 꽃병에서의 나온 덩굴식물이 위험하게 그의 턱을 건드리고 있었다.
에미나가 다가섰으나, 그녀가 보고 있는 그림을 믿을 수 없었다.
"하지만, 왜 저는 한 번도 그분을 보지 못했나요?"
"질녀가 어려, 화장품에만 관심이 있으니." 쟌이 한숨을 내 쉬었다.
"숙모님은 그분 작품을 많이 가지고 계시나요?"
"한때 나는 많이 보관하고 있었지만, 우린 그 작품들을 팔았지. 지금은 중요하지 않은 것들 몇 점만 남아있네. 언제 기회가 되면 그 작품들을 보여 줄게."
황동그릇과 커피잔들을 들고 메블리다가 나타났다.
에미나는 설탕조각을 하나 집어 그것을 '필자' 찻잔에 담갔다.
"미술작품에 저는 관심이 많아요."
에미나는 말했다.

"우린 그 작품들을 겨울에 봐. 추억은 낮의 빛을 좋아하지 않거든."

에미나가 잔의 화장품들을 다시 보려고 서랍을 열어 보고 있는 그 집은 아주 고요했다. 적막했다. 에미나는 호두나무 목재로 만든 대형 옷장으로 다가갔다. 그 안에는 잔이 입었던 엉덩이 모양에 따라 아직도 굽어진 채 있는 치마들이 걸려 있었다.
그 아래, 서랍에는 호들러라는 이름의 스위스 화가의 작품들이 놓여 있었다.
에미나는 그 안에 무엇이 있는지 보려고 열어 보았다.

방의 고요.
메블리다는 자신의 항아리들을 모래로 문질렀다. 항아리들은, 이 집에 더는 주인이 거주하지 않아도, 반짝거려야만 한다.
설명해 줄 사람은 아무도 없다.

22. 전문가가 호들러를 방문하다

가을에 에미나는 모스타르에서 사라예보로 학교 소풍을 지도했다. 전 학급이 가는 소풍엔 보통 교사들을 아주 긴장하게 만든다. 교사들은 모든 구석에서 학생들을 헤아려야만 했다. 학생들은 의무적인 프로그램에서 내빼는 것을 좋아한다.

교사 에미나는 사라예보 미술관으로 자기 학급의 남녀 학생들을 다 들여보내고서, 그녀는 자신의 학급반 아이들을 자신의 동료 여교사에게 잠시 봐 달라고 부탁했다. 그녀는 그곳 '관장' 실 문을 노크했다.

미술관장은 손에 커피잔을 쥐고 신문을 읽고 있었다. 그녀는 실례한다고 말하고 난 뒤, 모스타르에 있는 자기 집에 있는 상속받은 예술작품에 자문을 구할 수 있었으면 한다고 말했다.

"제 숙모님이 모스타르에 사셨는데, 프랑스 여성이었어요. 그분이 제게 여러 점의 미술작품들을 상속으로 남겨 두었어요. 그분은 제게 말씀해 주시기를, 그분이 젊었을 때, 어느 유명 화가가 그분을 모델로 해서 작품을 그렸다고 합니다."

그 관장은 자신의 앞에서 들려오는 이야기가 잡지 속의 기사보다도 더 관심이 갔다.

"그 숙모는 그 화가 성함을 말씀하셨나요?"

"페르디난드 호들러입니다."

"페르디난드 호들러라고요?" 관장은 생각에 잠겨 되풀이했다. 그리고 그는 눈썹을 들었다. 지금까지 그는 한번도 호들러의 원작 작품을 본 적이 없었다. 호들러가 사망한 뒤, 스위스 사람들은 호들러 작품이라면 구매할 수 있는 것이면 무엇이든지 사들였다. 그가 아는 한, 외국에 나가 있던 호들러 작품은 스위스로 되돌아갔다. 모든 스위스 화가 중에서 호들러는 가장 스위스적인 사람으로 인식되었다. 그가 고향에 있도록 해야 함이 애국적인 일이라고 했다. 그 정도는 그가 알고 있었다.

그는 모스타르의 호들러가 있는 집 주소를 요청했고, 다음 달 자신이 그 집을 방문할 것을 알려 주었다.

그는 그 컬렉션에 대해서 더 알고 싶어 에미나에게 자리를 권했다.

에미나는 자신의 주소를 크게 급히 썼다. 그녀는 앉는 걸 원치 않았다.

그녀 학급의 저 악동들이 미술관에서 이미 뛰쳐 나와, '바슈차르시야(Baščaršija)' 97)로 나와 배회하고 있을지도 모르기에.

그때 동의한 대로, 그 미술관 관장은 다음 달 나타났다. 그녀는 관장이 온다고 하자, 마치 연인과의 데이트처럼, 기다렸다. 그녀는 직접 호들러 초상화 틀의 거미줄을 쓸어냈다.

에미나가 그 집에 사라예보 신사와 함께 나타난다면, 메블리다는 어찌 말할까? 이웃집 여성 파딜라는 자신의 눈엔 낯선 두 사람을 보고서 무슨 말을 할까?

---

97)주: (터키어)중앙광장

에미나와 그 신사는 쟌과 호들러가 살던 집으로 들어섰다. 좀 나이 들어 보이는 그 신사는 전문가 인상을 남겼다. 사라예보에서 그의 전문성은 그만큼 보이지 않았는데.

그는 호들러 초상화 앞에 서서 찬찬히 그의 얼굴을 응시했다.

메블리다가 커피를 들고 나타났다. 그녀와 함께 출입문을 통해 정원의 강한 장미꽃향이 들어왔다.

에미나는 호두나무 옷장으로 가서, 넓은 서랍 앞에 웅크리고 앉아 그 안에 든 상자를 메호 삼촌이 평소 <폴리티카(Politika)>를 자주 읽던 큰 테이블로 가져 왔다.

그 상자에는 280점의 작품이 들어 있었다. 작품 중 일부는 완성품은 아니었다. 어떤 것들은 간단한 습작 상태로 있었다. 그 화가가 자기 작품의 공간을 기획하는데 도움이 되었던 단순한 종이를 떼어낸 것들도 있었다. 여러 스케치에는 나중에 수채화들을 간섭한 것이 보이기도 했다.

그 미술관장은 자신의 눈을 믿을 수 없었다. 그는 쟌의 사진을 요구했다. 에미나는 그에게 침대 옆 작은 서랍 위에 놓인 사진을 그에게 보여 주었다. 그 신사는 주의 깊게 쟌과, 지팡이를 든 메호를 유심히 바라보았다.

그는, 에미나에게 설명하기를, 그 발견에 대해 호들러를 잘 아는 전문가의 도움이 필요하다고 했다. 호들러가 그린 300점의 작품이 그의 전기에서 숨겨진 채 있다는 것은 있을 수 없는 일이었기 때문이었다.

"에미나 선생님은 컬렉션에서 선생님 이름을 뺄 수 있

나요?"
'뺀다고?'
그 낱말은 좀 안개 속에 있었다. '그가 원하는 것이 뭔가? 기증하라는 것인가?' -에미나는 급히 생각에 잠겼다. '이분은 판매에 대해서는 아마 생각하고 있지 않나 보다.'
청년 노동대가 국가를 건설했다. 더 중요한 것은 브르치코-바노비치(Brčko-Banovići)간 철도를 건설하는 것이다.
"저는 미술관에 그것을 양보할 준비가 되어 있어요. 만일 우리가 그 조건들에 대해 동의한다면요. 여기, 이 상황에 대해선 메블리다만 알고 있습니다."
그녀는 벽의 그 초상화를 떼내려고 두 팔을 들었다. 초상화 뒤편에는 지금까지 한번도 보여지지 않은, 거미의 아름다운 작품이 보였다. 그들은 호들러의 초상화를 넓은 신문 종이에 조심스레 포장하였다. 쟌이 호들러 초상화를 모스타르에서 포장을 푼 뒤로는 처음 그의 두 눈은 다시 어둠 속에 있게 되었다.
그 신사는 그 예술품들의 리스트를 작성했다. 그 장면은 감동적이다. 그는 리스트를 두 번 작성해, 한 부를 에미나에게 건넸다. 그는 그 종이에 그가 이 작품들을 분석하기 위해 사라예보로 옮겨간다고 서명했다.
쟌의 치마와 스타킹과 함께 유쾌하게 모스타르로 왔던 미술품들은 아주 조심스레 모스타르에서 포장되어, <컬렉션>이라는 이름으로 모스타르를 떠났다.
사라예보에서 에미나에게 그 작품들을 분석할 수 있도록 허락해 준 것에 대해 아주 아름다운 감사편지가 왔다. 사라예보 미술관 관장은 에미나에게 알려 주기를, 문화-역사-자연 유적물 사용 기관에서 그 컬렉션의 구입에 관심이 있다고 알려 주었다.

여러 달이 지났다.

한 해가 지났다. 1년, 2년.

그리고 5년.

모스타르에서의 시간은 천천히 굴러갔다. 찾아온 봄마다 그 다리에는 다시 모스타르의 유명 버찌가 팔린다. 1966년이 되어서야 사라예보 문화-역사-자연 유적물 사용 기관은 그 컬렉션의 구입 문서를 예술품 상속녀인 에미나 코르쿳(Emina Korkut)와 함께 서명했다.

에미나는 세상 구경을 하기 위해 자신의 첫 파리 여행을 위해 경비를 지불했다. 그녀가 산 입술에 바르는 루즈 2개는 정말 매력적이었다. 그 루즈 광고에는 셔츠에도 루즈 자국이 남지 않는다고 말했다.

사라예보 컬렉션은 나중에 새 소장자를 만나게 되었다. 보스니아-헤르체고비나 미술관(Artista Galerio de Bosnio kaj Hercegovino).

스위스에서 초청장이 왔다: 그 컬렉션을 스위스에서 한번 유치하겠다고 했다. 218점. 그중 유화 작품, 수채화, 구아슈 수채화 방법의 작품들과 그래픽 아트 작품들이 베른(Bern)의 쿤스트무제움(Kunstmuseum)으로 나들이했다. 호들러에 대한 가장 권위있는 전문가인 유라 브루에슈바일러(Jura Brueschweiler)가 그 컬렉션을 분석해, 이를 전문적으로 표현하였고, 일부 파손된 상태의 보존상태를 유심히 관찰했다.

베른(Bern)의 쿤스트무제움은 1978년 3월 30일부터 4월 11일까지 **<알려지지 않은 호들러-사라예보 소장 컬렉션>**이라는 이름으로 전시회를 개최했다. 벤텔리(Benteli) 출판사에서 책의 형태로 인쇄된 두꺼운 도록은 그 전시회 행사 자료를 싣고 있었다. 전시회 전시를 위해 브루에슈바일러는 10점의 유화와 110점의 스케치만 엄선했다.

그 컬렉션을 분석한 뒤, 그는 다음과 같이 언급했다.

1. 호들러의 작품 중 3분의 1은 그 여성 소장자의 개입이 있었다.(그녀가 그 작품에 덧칠하거나, 물로 풀어질 수 있는 색깔을 귀중한 스케치들에 상대적으로 더한 것이 밝혀졌다.)

2. 작품들의 작은 부분은 보관상태가 좋지 못해 전시될 수 없었다.

3. 미완성된 작품들도 전시에는 부적절하다.

4. 컬렉션 중 학창시절을 소재로 한 작품이 12점 있는데 이는 쟌 사를이나, 작가 아들인 헥토르 호들러와 관련이 있다.

미술 분야의 유럽 비평가들은 1912년 페르디난드 호들러의 미발표 작품이 새로 발견되자, 흥미롭게 기록해 두었다. 그들은 페르디난드 호들러가 행복한 시절에는 초상화들을 그리지 않았다는 점을 강조했다.

1912년 초상화는 헥토르 호들러의 기침과 관련이 있다.

23. 후기

전쟁이 1992년 사라예보로 다시 찾아 왔다. 총알들이 날아다니기 시작했다.

예술품들을 구할 아이디어는 누구에게 있는가? 사람들은 겨우 자기 생명 구하기에 분주했다. 삶이란 빛이고 물이다. 빛과 물은 사람들은 가장 어렵게, 나중에야 포기한다. 따뜻함에 대하여도 마찬가지다.

예술품들은 지하의 대피소로 들어갔다. 사람들은 몇 주가 지나면 이 위험은 지나갈 것으로 추측하면서, 그것들을 그곳에 임시로 놔두었다. 전쟁이란 일주일을 좋아하지 않는다. 그들은 몇 년으로 계산되는 것을 좋아한다. 한 해, 두 해, 세 해, 네 해.

그만큼의 여러 해가 지난 뒤, 총성이 멈추고, 시민들은, 어둠 속에서 피곤해진 채, 희끗해진 머리카락과 구겨진 마음들로, 도시 재건을 위해 다시 시작하였을 때, 주민들의 수효가 줄어들었음을 알게 되었다.

많은 사람이 '다른 세계로' 건너갔다.

수천 명의 사람들이 다른 나라로 이주해야 했다.

그 수효가 줄어든 사람들 속에 호들러도 있었다.

그는 사라졌다. 혼자가 아니었다: 그와 함께 <제네바 호수>도 사라졌다. 그 **<초상화-당신은-무엇을-하고-있나요?>**라는 작품은, 쟌의 컬렉션에서 가장 귀한 호들러 초상화는 사라예보에서의 전쟁의 난리 통에 도난을 당했다. 미술품들은 사라지는 순간에는 자취도 남기지 않고 사라지는 것을 좋아한다.

모스타르의 묘지는 폭격을 당했고, 헤르체코비나의 문서보관소는 불탔고, 그 다리 자체도 죽음의 포격을 받았다: 수 세기가 지난 뒤 처음으로, 사람들이 네레트바강에 헐벗은 듯이 있었다. 그 양쪽 강가를 함께 연결하는 하얀 날개가 없어진 채.

사라예보는 그 족적을 찾기 위해 몇 년간 필요했다. 쟌 사를-세라니-치시치의 컬렉션은 사라예보를 떠나, 자그레브 류브랴나(Ljubljana)의 권위 있는 미술관들에서 전시회가 열렸다.

보스니아-헤르체고비나 국립미술관이 전시회를 개최한다. 그렇게 카탈로그에서 씌어졌다.

관람객들은 아기 헥토르를 기다리며, 임신한 모습의 아우구스티네를 감상하며 지나갔다.

1887년의 페르디난드 호들러의 그림과 오늘날의 이 시점 사이에 이미 여러 세대가 사멸해갔다.

그들과 함께 -그들의 사랑도.

이탈리아 비평가 아킬레 보니토 올리바(Achille Bonito Oliva)는 자신의 학생들에게 선지자적으로 말하길, 페르디난드 호들러가 앞으로 천년 동안 가장 좋아할 화가가 될 것이라고.

때론, 어느 벼룩시장에서, 화폐종사자들은 여전히 스위스 프랑 지폐를 팔고 있다. 그 지폐의 뒷면에는 벼를 베는 사람이 낫을 휘두르고 있다.

지폐 위에서의 젊은 여인의 얼굴.

"누가 이 초상화 그렸어요?"

그 판매업자는 돋보기를 들었다. 분명하게 보이지는 않는다.
“FH라는 두 글자만 보여요.” (*)

(편집자의 글) 두 명의 호들러

페르디난드 호들러는 스위스의 화가로 베른에서 출생, 주네브에서 사망했습니다. 주네브 미술학교장 멘(Bartholomy Menn, 1815~1893)에게 사사, 사회적 주제를 다룬 사실에서 작품을 그려 나갔습니다.

1890년대에는 스스로 「평행의 원리」라 이름 지은, 동일한 모티브·형태·윤곽선·색채가 반복되는 율동에 바탕을 둔 독자적 장식양식을 확립하였고, 생의 불안·사랑·죽음과 같은 테마를 다룬 2개의 대(大)우의화 『밤』(1890), 『선택된 자』(1893~1894, 모두 베른미술관)로 주목을 받게 됩니다.

중기에는 야인적 자질을 자유 해방을 위해 싸우는 인간군상을 그린 대벽화에 결실을 맺었습니다(취리히미술관의 『마리냐노로부터의 퇴각』, 프레스코, 1900 : 이에나 대학의 『이에나 대학생의 출정』, 1908). 그의 상징주의는 아르 누보와 병행하고, 동시에 표현주의 선구를 이룬다고 할 수 있습니다.

또한 뛰어난 풍경화가이고, 대표작으로 『월하(月下)의 멘히와 융프라우』(1908, 조로투른, 시립미술관)이 있습니다.([네이버 지식백과] (미술대사전(인명편), 1998., 한국사전연구사 편집부)

또 한 사람 **헥토르 호들러**.

1884년, 서른한 살의 호들러는 아우구스티네라는 여인을 작품 모델로 만나 곧 여자 친구가 되고 1887년, 둘 사이에는 헥토르라는 아들이 태어났는데, **헥토르 호들러**는 나중에 국제어 에스페란토의 조직을 제시한 세계에스페란토협회를 창설하는 유명 언론인이 됩니다.

우리는 여기서 제1차 세계대전 발발 초기에 헥토르 호들러가 1915년 <에스페란토>(Esperanto) 잡지에 "모든 것의 저 위에(Super)"라는 제목으로 **평화와 재건를 위한 호소문**을 발표한 사실에 주목하고 싶습니다. 그중 일부를 보면 다음과 같습니다.

왼쪽 그림은 매혹된 소년 1909년 작품,
6살의 헥토르를 그린 것

Duonjaron post la komenco de la Unua Mondmilito, Hector Hodler lanĉis alvokon sub la titolo "Super" en la revuo "Esperanto (gazeto)" de la 5-a de januaro 1915 : "Ni havas la devon ne forgesi... Flanke de niaj simpatioj, ni havas devojn kiujn al ni trudas nia esperantisteco... devo kredi, ke neniu popolo havas la monopolon de la civilizeco, de la kulturo aŭ de la humaneco... Devo kredi, ke neniu popolo entute havas la monopolon de la barbareco, perfideco aŭ stulteco... Devo konservi prudenton eĉ meze de la premigaj influoj de la popolamasoj... La parolo estas nun al la kanono, sed ne eterne daŭros ĝia blekado. Kiam centmiloj da homoj kuŝos en la bataltomboj kaj la ruinoj ĉe la venkintoj kaj venkitoj atestos pri la teknikaj pli ol pri la moralaj progresoj de nia civilizeco, tiam oni alvenos al iu solvo, kaj tiam, malgraŭ ĉio, la internaciaj rilatoj denove ligiĝos, ĉar super la nacioj estas tamen io... Se sur la nunaj ruinoj ni volas konstrui novan domon, oni bezonos tiujn laboristojn, kiujn ne timigos la malfacilaĵoj de la rekonstruo. Ni esperantistoj, estu la embrio de tiuj elitoj.

Por inde plenumi nian taskon, ni konservu nian idealon kaj ne lasu nin subpremi de la malespero aŭ de la bedaŭro.”
(출처: "La Esperantisto" - 5a de januaro 1915. https://eo.wikipedia.org/wiki/Hector_Hodler)
“우리가 잊지 말아야 할 의무 사항이 있습니다... 우리가 가지는 동정심은 별도로 하고도, 우리 에스페란티스토 계는 우리 스스로에게 요구하는 의무감을 지녀야 합니다... 그 의무감이란 어느 특정 국민이 문화나 문명이나 인간성을 독점할 권리가 없다는 믿음 바로 그것입니다... 어느 특정 국민도 야만이나, 배신이나 멍청함을 독점할 수는 없다는 믿음 그 자체입니다... 시민 대중이 압박을 가해 영향력을 행사하는 중에도 분별심을 잃지 않는 의무 바로 그 자체입니다... 우리가 하고 있는 말이 지금 대포를 향하고 있지만, 그 대포 포성은 영원하지 않습니다. 전쟁으로 인해 수십만 명의 사람이 그 전화의 무덤 속에 있게 되고, 전쟁으로 인해 패배한 자들이나 승리한 자들 사이에 놓일 저 폐허는 우리 문명이 도덕적으로 발전했다는 것을 증명하기는커녕 기술 문명의 발전만 부각하게 될 것입니다. 그때가 오면, 뭔가 해결책을 마련해야 하는 그때가 오면, 만사 제쳐두고, 우리의 국제 관계는 다시 연결될 것입니다. 왜냐하면, 국가보다 더 높은 뭔가가, 그럼에도, 뭔가가 있습니다... 만일 지금의 폐허 위에 우리가 새로 집을 지어야 할 그때, 우리에겐 그 집을 다시 세울 일꾼이 필요합니다, 그 일꾼은 재건의 어려움에 절대 두려워하지 않을 것입니다. 우리 에스페란티스토 계가 그런 일꾼 중의 엘리트가 됩시다, 그 재건의 임무를 제대로 잘 해내려면, 우리는 우리 이상을 믿어야 합니다. 절망이나 안타까움에 우리를 더는 내버려 두지 말아야 합니다.”

유럽에서 헥토르 호들러를 조명하는 작품이 준비되고 있다고 합니다. 언제가 헥토르 호들러의 삶을 살펴볼 기회가 오나 봅니다.(*)

- [부산일보 접속! 지구촌 e-메일 인터뷰]

'크로아티아 전쟁…' 쓴 스포멘카 슈티메치
죽음·폐허 참상 딛고 피어난 '물망초'[98)]

글/백현충기자(부산일보)

어제까지 형제였다.
하지만 전쟁은 모든 것을 바꿔놓았다.
도시 경계선은 국경이 됐고
그 경계선 위로 시외버스 대신 탱크가 넘나들었다.
참혹한 전쟁의 '시작'이었다.

전쟁은 1991년부터 1995년까지 지속했다. 언론은 이를 '유고 내전' 으로 불렀다. 그러다 크로아티아 승전 이후 '크로아티아 전쟁'으로 수정했다.

전쟁은 그쳤지만, 내전은 끝나지 않았다. 오히려 도화선에 불을 붙인 꼴이었다. 보스니아 전쟁(1992~95년)과 코소보 내전(1998~99년), 마케도니아 전쟁(2000년) 등이 잇따라 발발했다. 유고연방은 결국 6개로 조각났고 지도에서조차 퇴출당했다.

---

98) *역주: 부산일보(2007.2.24.)
http://www.busan.com/view/busan/view.php?code=20070224000175.

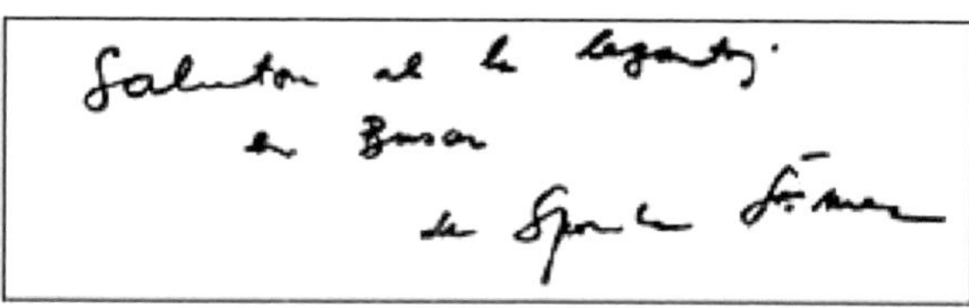

스포멘카 슈티메치가 '부산 독자들에게 인사드립니다'라는 글과 서명을 보내왔다.

전쟁 발화점이었던 크로아티아로 e-메일을 보냈다. 수신자는 스포멘카 슈티메치(58 · Spomenka Stimec)였다. 그녀는 전쟁 와중에 '크로아티아 전쟁체험 일기'(왼쪽 사진)를 펴냈다. 책은 에스페란토 판으로 출판됐다. "전쟁의 참상을 알리는 데 에스페란토만큼 유용한 언어는 없었죠." 동호인들이 스스로 번역에 나섰고 책은 급속도로 독일어와 불어, 일본어 등으로 출간됐다.

전쟁에 대한 기억부터 물었다. "수평선 너머의 쓰나미 같았죠." 곧 닥쳐올 재앙에도 불구하고 사람들은 전쟁을 받아들이지 못했다고 했다. "신문과 라디오에서, 사람들의 대화에서, 창가의 비상용 모래주머니에서 흉흉한 냄새가 진동했는데도 말이죠."

그녀도 해외 출장을 나갔다가 귀국하는 길에 전쟁을 맞았다. 그때 귀국한 베오그라드(당시 유고 수도) 공항은 더는 자국 땅이 아니었다. 적국의 수도였다. "베오그라드에 이모가 살았지만, 급히 자그레브로 돌아와야 했습니다." 자그레브는 지금의 크로아티아 수도다.

하지만 교통편이 없었다. 두 도시를 잇는 항공기는 폭격기뿐이었다. "결국, 이웃한 헝가리를 에둘러 자그레브에 도착했죠." 그때부터 집과 방공호를 오가는 일상이 시작됐다. 장장 5년 동안이었다. 그때의 일부 기억을 책으로 펴냈다.

그녀는 책에서 "극우 세르비아인들이 크로아티아인들을 죽이고, 극우 크로아티아인들은 세르비아 시민들을 학살했다"라고 썼다. 상생은 없었고 오직 전쟁만이 존재했다. 어제까지 웃고 즐기던 이웃도 '민족이 다르고 어족이 다르다'라는 이유로 서로 죽였다.

아름다운 유적도시인 사라예보도, 다뉴브강 유역의 부코바르도 예외가 아니었다. "며칠 동안 계속된 포탄 세례로 도시는 폐허가 됐죠. 부코바르의 마지막 맥박이 뛰던 장소는 아이러니하게도 병원이었습니다." 전쟁은 대상을 가리지 않았다. 죄다 파괴했다.

적군과 아군 구분에는 언론도 다르지 않았다. 오히려 더 심각했다. 크로아티아 신문은 "부코바르가 함락됐다" 라고 슬퍼했고, 세르비아 신문은 "부코바르의 해방" 을 기뻐했다. 그런 와중에 수많은 사람이 또 죽었다.

그녀도 가장 절친한 친구 2명을 빼앗겼다. 한 사람은 시인이었고, 또 한 사람은 5명의 자녀를 둔 의사였다. "왜 죽어야 했는지 지금도 이해하지 못합니다." 그녀는 분개했다. 하지만 예전처럼 화를 내지는 않는다고 했다. 대신 유족의 행복을 빌었다. "다행히 유족들은 꿋꿋하게 잘 살아가고 있습니다. 수많은 주검 뒤에 삶을 다시 추슬러내는 힘이 대단하죠."

지금 상황을 물었다. "조금씩 평화를 되찾고 있습니

다.” 최근에는 여섯 갈래로 나눠진 나라끼리 '무비자 방문'을 허용했다고 그녀는 전했다.

그러다 대뜸 시골집 얘기를 꺼냈다. 아무래도 전쟁보다 지금의 일상을 얘기하고 싶었던 모양이었다. “19세기에 건축된 허름한 전통가옥을 몇 년 전에 샀죠.” 그녀는 그곳에서 종종 시낭송회나 음악회를 가진다고 했다. “지난해에는 친구와 문인들을 포함해 120여 명이나 다녀갔습니다.” 그녀는 이런 생활이 좋다고 했다. 사람이 살아가는 데 아주 특별하고 많은 것이 필요하지는 않다는 말을 하고 싶어하는 듯했다.

그녀는 지금 크로아티아 에스페란토연맹과 에스페란토 작가협회의 사무국장을 겸하고 있다. “꽤 오래전부터 하던 일이죠.” 덕분에 세계의 여러 나라를 여행할 기회를 얻었다. 한국도 그중의 하나였다. 지난 1987년 봄 서울에서 한 학기를 머물렀다.

“대학에서 에스페란토를 강의했습니다.“ 그때의 추억을 '내 기억의 지도'(1992년 출간)에 담았다. 그녀는 생각보다 한국을 잘 기억했다. 한국전쟁과 일제 강점기 그리고 한글과 온돌문화를 얘기했다. 당시 격렬했던 한국의 시위문화도 거론했다.

일본과 중국도 갔다고 그녀는 말했다. “일본에서는 강연과 강의를 했고, 중국에서는 2권의 에스페란토 책자를 중국어로 출간하는 작업에 동참했죠." 하지만 이웃한 세 나라를 비교해달라는 주문에 대해서는 답변을 회피했다. 대신 여행을 권했다.

"두브로브니크의 낭만과 아름다움에 젖어보세요." 두브로브니크는 아드리아해의 크로아티아 해변에 있다고 그녀는 주석을 달았다. 전쟁과 낭만의 묘한 대비를 느끼게 했다.

"세상은 지금도 우호적인 분위기가 아닙니다. 공항에 가면 쉽게 알 수 있죠." 테러 위협이 그대로 있는 현실을 지적함이었다. 하긴 여객기 탑승에서 아기 우유병 속의 물조차 휴대하지 못하는 세상보다 더 두려울 것이 어디 있을까 싶다.

그녀는 묻지도 않은 이름 풀이로 끝을 맺었다. 그녀의 이름인 '스포멘카'가 물망초를 뜻한다고 했다. 하지만 그것은 '잊지 않는다'라는 부정의 뜻이 아니라 '기억한다'라는 긍정의 뜻이라고 주장했다. 도대체 무엇을 기억해달라는 것일까.

백현충기자 choong@busanilbo.com

옮긴이의 글

애독자 여러분, 저는 지난 11월 4일 오늘 저녁 6시 30분경에 카톡 영상 통화로 크로아티아 자그레브(해당 나라 시각: 오전 10시 30분경)은 에 있는 작가 스포멘카 슈티메치 여사와 통화를 즐겁게 했습니다.

이 통화는 당일 작가의 작품 『크로아티아 전쟁체험기』(Kroata Milita Noktlibro) 한국어판을 전달식을 크로아티아 자그레브의 웨스틴 자그레브 호텔에서 열렸기 때문이었습니다.

'코로나 19' 의 특수 상황에서 작가는 마스크를 쓰고 건강한 모습으로 "Ĉio en ordo!(모든 일이 정상적으로 이루어지고 있어요!)" 라며 저의 걱정을 들어 주었습니다.

왜 제가 저자와 영상통화를 하였는지, 그 사연이 궁금하시죠? 그 일은 이런 과정을 거쳐 이루어졌습니다. 역자는 그 사연 전개가 정말 흥미로워 독자 여러분에게 알립니다.

즐겁고 기쁜 소식을 함께 나누면 애독자인 여러분과 옮긴이인 제게도 힘이 되고, 격려가 되니까요.

지난 10월 18일 『크로아티아 전쟁체험기』한국어판을 진달래 출판사가 발간한 뒤, 일주일 뒤에 그 책이 역자인 제게 도착했습니다. 그래서 저는 애독자 동서대학교 박연수 교수(한국수입협회 부회장)를 찾아가, 주문한 책을 전달해 주었습니다. 그랬더니, 11월 첫주에 한국수입협회 회장단이 자그레브를 업무차 방문한다며, 그이 자신도 협회 부회장으로 이 행사에 함께 간다고 했습니다.

저는 조심스럽게 그럼, 가는 길에 『크로아티아 전쟁체험기』 한국어판을 저자에게 좀 전달해 달라고 말했더니, 박교수는 즉각 그렇게 하겠다고 약속해 주었습니다.

그런 이면에는 조금 더 깊숙한 이야기가 깔렸습니다. 박연수 교수는 학창시절인 1984년 초 부산경남지부의 에스페란토 초급강습회(경성대학교, 10여 명 수료, 지도 장정렬)에 와서 에스페란토를 배웠습니다. 당시 함께 배운 이들 중에는 나중에 시인이 된 김철식, 거제대학교 초빙교수 최성대, 교사 정명희, 건축업자가 된 강상보씨 등이 청년기를 보내고 있었습니다. 이 강습회에 참여한 학생들은 Rondo Steleto를 구성하고, 회보 <Steleto>를 수차례 발간하였습니다.

그 수료생 중 김철식 시인을 통해, 약 20여 년 뒤, 서울대학교 명예교수였던, KAFT 문학 연구가이자 한국문학 평론가인 김윤식 선생님을 뵙는 영광을 누렸습니다. 당시 김 선생님은 저희 에스페란티스토 일행을 자신의 서재에 초대하셨습니다. 당시 선생님은 안서 김억 선생 등이 1920년 7월 25일 창간한 동인지 <폐허(Ruino)>의 표지에 실린 시인 김억의 에스페란토 시 'La Ruino'를 암송하시는 것이 아니겠습니까!

"Jam spiras aŭtuno
Per sia malvarmo kruela;
Malgaje malbrile rigardas la suno
Kaj ploras pluvanta ĉielo......

Kaj ĉiam minace
Alrampas grizegaj la nuboj;
De pensoj malgajaj estas mi laca.
Penetras animon duboj..."

한국 근대와 현대 문학 평론을 펼치시던 김윤식 선생님의 열정을 지금도 잊을 수가 없습니다. 에스페란토 연구자인 저로서는 그 순간이 생생하게 기억되고 있습니다. 아쉽게도 당시 김윤식 선생님과 함께 찍은 사진을 제가 가지고 있지 않지만...

또 다른 수료생이었던 최성대 교수는 오늘날도 에스페란토 서적을 꾸준히 읽는 애독자이며 여전히 부산 동래에서 역자와 교류를 이어오고 있습니다.

약 37년의 세월이 흘러도, 그 수료생들은 부산에서 각자의 재능과 지식을 바탕으로 전문 분야에서 활동을 이어가고 있습니다. 아, 생각만 해도 반가운 얼굴들!

그렇게 박연수 교수도 부산에서 에스페란토 안팎의 일로 친구처럼 만나고 있습니다.

그런 인연으로 『크로아티아 전쟁체험기』 한국어판은 박연수 교수의 민간 외교용 여행 가방에 1kg 정도의 책 무게를 더 무겁게 만들었습니다. 역자인 저로서는 고마울 뿐이었습니다.

그러면서 저는 저자인 스포멘카 여사에게 이메일로 『크로아티아 전쟁체험기』 한국어판을 인편으로 자그레브에 전달하겠다고 하니, 저자는 깜짝 놀라며, 반가워했습니다. 그렇게 이메일을 주고받았습니다.

저자 스포멘카 슈티메치 여사는『크로아티아 전쟁체험기』한국어판이 발간되었다는 소식을 들은 저자 스포멘카 여사는 즉시 자그레브 라디오 방송국에 연락해, 한국어판이 나왔다고 '저자 인터뷰'(11월2일, https://glashrvatske.hrt.hr/hr/multimedia/gost-glasa-hrvatske/gost-glasa-hrvatske-spomenka-stimec-3353588)를 통해 자그레브 시민들에게 그 소식을 알렸습니다. 그 방송을 통해 옮긴 이의 이름이 들리니, 저 또한 감동하지 않을 수 없었습니다.

그러나, 그런 감동에도 불구하고, 인편으로 간 『크로아티아 전쟁체험기』한국어판이 제대로 잘 전달될지 궁금하고 걱정도 되었습니다. 크로아티아 자그레브 현지 상황이나 박 교수가 머무는 웨스틴 자그레브 호텔 상황이나, 한국수입협회 일정도 '코로나 19' 라는 특수 상황과 어떤 연관성이 있을지 걱정 반 기대 반이었습니다.

다행히 박교수 일행은 11월 2일 폴란드를 경유해 자그레브에 안착했다고, 또 저자와 통화도 했다고 카톡으로 알려 왔습니다. 스마트폰에서 우리 독자들이 자주 사용하는 보편적인 활용도구가 된 '카톡' 은 저 멀리 크로아티아 자그레브와도 아무 어려움 없이 무료로 소통을 가능하게 해 주었습니다. 대화 상대방이 카톡 프로그램을 자신의 스마트폰에 장착하기만 하면, 손쉽게 소통할 수 있기 때문입니다. 에스페란토를 활용하는 독자 여러분도 외국 친구나 지인이 있다면, 한번 시도해 보시는 것도 좋을 듯합니다.

무슨 일이든 바쁨 속에서 이뤄지나 봅니다. 한국수입협회 일행의 일정 속에 가장 바쁜 날이 11월 4일 목요일이었습니다. 전달식이 열리는 오전 10시 30분이 될 때까지, 카톡과 이메일 등을 통해 전달식의 행사 순서를 정하고, 이를 에스페란토-국어로 순차 배치하여, 원활한 소통이 되도록 하였습니다.

저자와 역자는 참석자들을 일일이 확인하고, 양국의 대표단이 인사하게 하고, 우리 나라 6.25와 1991년 크로아티아 내전의 희생자를 위한 묵념, 책을 들고 간 애독자인 박교수님의 소감, 저자 스포멘카 슈티메치의 인사말, 저자의 요청 2가지: 1. 한국어판 책자 중 <부코바르의 레네> 라는 곳을 한국어로 읽어 달라는 저자의 요청, 2. 인삼차를 준비해 달라는 요청. 도서 전달식, 이

책에 실린 에스페란티스토 가족의 참석 등이 일정표에 정해졌고, 당일 정해진 시각에 자그레브 하늘 아래서 『크로아티아 전쟁체험기』한국어판 전달식이 이뤄졌고, 그 나라에서 한국어로 책의 특정 페이지를 읽는 기회도 가졌습니다. 민간 외교와 문화 교류의 장이 성립되었습니다!

저자는 이 인편으로 전달이 좀더 일찍 알려졌더라면, 크로아티아 문화부나 대사관에 알려 더 큰 행사로 홍보할 수 있었겠다는 아쉬움도 있었다고 합니다. 이번 행사는 일종의 번갯불에 콩 구워 먹기 같은 풍경입니다. 간단히 말해 '번개팅'이 국제적으로 이뤄졌습니다.

그래서 저는 애독자 여러분을 위해 아래 사진을 한 장 싣습니다.

사진은 11월 4일 자그레브에서의 『크로아티아 전쟁체험기』한국어판 전달식(사진 중간에 가방을 둘러맨 이가 저자 스포멘카 슈티메치, 맨 오른편이 애독자 박연수 교수)을 알려 주고 있습니다.

이 한 장의 사진은 저자와 저자 주변의 에스페란티스토 회원이자 애독자들의 모습과 자그레브 문화와 에스페란토의 힘을 볼 수 있고, 마찬가지로 한국수입협회 임원단의 배려도 볼 수 있습니다.

이 책을 지은 저자나 옮긴이인 저로서는 벅찬 감동의 순간이었을 겁니다. 이 책이 출간되고 나서 30년만에 한국어판이 발간되었으니까요.

이제 이 작품 『상징주의 화가 호들러의 삶을 뒤쫓아』는 화가 호들러의 일대기와 그분 작품이 어떻게 당시 유고슬라비아로 흘러가게 되었는지를 한 번 소개하고자 합니다.

여기에는 두 분의 위대한 삶이 여성 모델을 통해 표현되어 있습니다.

스위스 상징주의를 대표하는 유명 화가 페르디난드 호들러, 또 세계 에스페란토협회를 창설해 제1차 세계대전 중에는 중립국 오스트리아를 매개로 해서 세계대전의 참전국이 서로 적으로 있을 때, 에스페란토가 그 매개 언어가 되어 실종되었거나, 포로로 잡혀 있는 사람들의 안부를 가족에게 전하는 일을 한 그 화가의 아들 헥토르 호들러. 또 화가의 모델 여성으로서 그 화가의 작품을 소장하여, 평생 지니게 되는 쟌 샤를. 이 여성이 세계 제1차, 제2차 대전을 직접 겪으면서 어떻게 삶의 길을 개척하고, 선택하고 집중하였는지, 또 소장 예술품을 어떻게 잘 보관해 왔는지를 볼 수 있을 겁니다.

문화를 사랑하고, 예술을 사랑하고, 이방인을 포용하는 유고슬라비아 국민의 문화의 열정을 볼 수 있는 작품입니다.

에스페란토에서 문학은 농부의 일하는 들판에 비유할 수 있습니다. 들판 주변에는 산도 있고, 강도 있고 바다도 보일 것입니다. 그 들판에는 곡식이 자라는 것은 물론이고, 농부의 이마에 맺히는 땀방울도 있고, 등을 굽힌 채 자신의 논과 밭을 일구는 손길도 있습니다. 꽃도 피고, 새가 날고, 6월에 나비가 논밭에서 농부의 눈길을 잠시 쉬어 가게 할지도 모릅니다.
에스페란티스토 작가들은 자신의 모어가 아닌, 자신이 자각적으로 선택하여 배우고 익힌 에스페란토라는 언어 도구로 세상을 기록하고, 자신의 꿈을 말하고, 자신의 시대를 그리고, 고민하고, 절망하고, 고마워하고, 또 고발하며 글쓰기 작업을 합니다.
에스페란토라는 씨앗을 나무로, 풀로, 시냇물로, 강으로, 바다로, 산으로, 들로, 저 하늘로 펼쳐 보내는 작가의 손길을 따라가다 보면, 실로 산천초목의 초록이 푸르름이, 온갖 색상들이 언어로 재탄생되어, 독자에게는 편지처럼 읽히고, 사진처럼 찍히고, 동영상처럼 내가 사는 세상을 이해하고, 지향하는 바를 알고, 동감과 공감하지 않을 수 없을 것입니다.

부산에서 활동하시는 아동문학가 선용 선생님, 화가 허성 선생님, 중국에 계시는 박기완 선생님, 세 분 선생님께 저의 번역작업을 성원해 주시고 격려해 주셔서 고맙다는 말씀을 전합니다. 한국에스페란토협회 부산지부 동료 여러분들의 성원에도 감사드립니다.
 늘 묵묵히 번역 일을 옆에서 지켜보시는 어머니를 비롯한 가족 여러분께도 고마운 마음을 글로 남겨 봅니다.

이육사의 시 "청포도"의 한 구절로 저의 옮긴이의 글을 마치려고 합니다.

"…
내가 바라는 손님은 고달픈 몸으로
청포를 입고 찾아온다고 했으니

내 그를 맞아 이 포도를 따 먹으면
두 손은 흠뻑 적셔도 좋으련

아이야, 우리 식탁엔 은쟁반에
하이얀 모시 수건을 마련해 두렴."

'내가 바라는 손님'은 에스페란토 문학에 관심을 가지는 독자 여러분입니다. 여러분도 이 청포도 같은 에스페란토 작품들을 통해 즐거운 문학의 향기를 느끼시길 기대합니다.

2021년 11월 5일 장 정 렬.

-역자의 번역 작품 목록

-한국어로 번역한 도서

『초급에스페란토』(티보르 세켈리 등 공저, 한국에스페란토청년회, 도서출판 지평),

『가을 속의 봄』(율리오 바기 지음, 갈무리출판사),

『봄 속의 가을』(바진 지음, 갈무리출판사),

『산촌』(예쥔젠 지음, 갈무리출판사),

『초록의 마음』(율리오 바기 지음, 갈무리출판사),

『정글의 아들 쿠메와와』(티보르 세켈리 지음, 실천문학사)

『세계민족시집』(티보르 세켈리 등 공저, 실천문학사),

『꼬마 구두장이 흘라피치』(이봐나 브를리치 마주라니치 지음, 산지니출판사)

『마르타』(엘리자 오제슈코바 지음, 산지니출판사)

『국제어 에스페란토』(D-ro Esperanto 지음, 이영구 장정렬 공역, 진달래 출판사)

『사랑이 흐르는 곳, 그곳이 나의 조국』(정사섭 지음, 문민)(공역)

『바벨탑에 도전한 사나이』(르네 쌍타씨, 앙리 마쏭 공저, 한국외국어대학교 출판부)(공역)

『에로센코 전집(1-3)』(부산에스페란토문화원 발간)

-에스페란토로 번역한 도서

『비밀의 화원』(고은주 지음, 한국에스페란토협회 기관지)

『벌판 위의 빈집』(신경숙 지음, 한국에스페란토협회)

『님의 침묵』(한용운 지음, 한국에스페란토협회 기관지)

『하늘과 바람과 별과 시』(윤동주 지음, 도서출판 삼아)

『언니의 폐경』(김훈 지음, 한국에스페란토협회)

『미래를 여는 역사』(한중일 공동 역사교과서, 한중일 에스페란토협회 공동발간)(공역)

-인터넷 자료의 한국어 번역

www.lernu.net의 한국어 번역
www.cursodeesperanto.com,br의 한국어 번역
Pasporto al la Tuta Mondo(학습교재 CD 번역)
https://youtu.be/rOfbbEax5cA (25편의 세계에스페란토고전 단편소설 소개 강연:2021.09.29. 한국에스페란토협회 초청 특강)

<진달래 출판사 간행 역자 번역 목록>

『파드마, 갠지스 강가의 어린 무용수』(Tibor Sekelj 지음, 장정렬 옮김, 진달래 출판사, 2021)
『테무친 대초원의 아들』(Tibor Sekelj 지음, 장정렬 옮김, 진달래 출판사, 2021)
<세계에스페란토협회 선정 '올해의 아동도서' > 작품 『욤보르와 미키의 모험』(Julian Modest 지음, 장정렬 옮김, 진달래 출판사, 2021년)
아동 도서 『대통령의 방문』(예지 자비에이스키 지음, 장정렬 옮김, 진달래 출판사, 2021년)
『국제어 에스페란토』(D-ro Esperanto 지음, 이영구. 장정렬 공역, 진달래 출판사, 2021년)
『헝가리 동화 황금 화살』(ELEK BENEDEK 지음, 장정렬 옮김, 진달래 출판사, 2021년)
알기쉽도록 『육조단경』(혜능 지음, 왕숭방 에스페란토 옮김, 장정렬 에스페란토에서 옮김, 진달래 출판사, 2021년)
『크로아티아 전쟁체험기』(Spomenka Štimec 지음, 장정렬 옮김, 진달래 출판사, 2021년)
『상징주의 화가 호들러의 삶을 뒤쫓아』(Spomenka Štimec 지음, 장정렬 옮김, 진달래 출판사, 2021년)
『사랑과 죽음의 마지막 다리에 선 유럽 배우 틸라』(Spomenka Štimec 지음, 장정렬 옮김, 진달래 출판사, 2021년)